우리 아이 마음

읽어주는 따뜻한 엄마

공감사전

우리 아이 마음 읽어주는 따뜻한 엄마

공감사전

초판 1쇄 찍은날   2019년 02월 28일
초판 1쇄 펴낸날   2019년 03월 11일

글 김지연·이요셉·김지영
펴낸이 박성신
펴낸곳 도서출판 쉼
등록번호 제406-2015-000091호
주소 10881 경기도 파주시 문발로115, 세종벤처타운 304호
대표전화 031-955-8201 | **팩스** 031-955-8203
전자우편 8200rd@naver.com

text ⓒ 김지연·이요셉·김지영, 2019
picture ⓒ 이요셉·김지영, 2019
ISBN 979-11-87580-27-0 (03810)

우리 아이 마음
읽어주는 따뜻한 엄마

공감사전

김지연·이요셉·김지영 지음

쉼

일러두기

책을 펴내며

김지연 작가

　안녕하세요? 공감사전을 쓴 김지연 작가입니다. 저는 '소명'이라는 에너지 넘치는 여덟 살 아들을 키우고 있는 엄마이기도 해요.

　육아를 하면서 가장 힘들었던 것은 아이의 기저귀를 가는 일도, 밤샘 수유도 아닌 스트레스 관리였습니다. 언제든 벗어나서 스트레스를 풀 수 있는 것이 아니기에 더욱더 내 마음을 잘 돌봐야 했는데 정작 나를 몰아세우기만 했거든요. 아이 때문에 화가 나면 그것을 어떻게 풀어야 하는지, 내가 왜 계속 같은 일에 짜증이 나는지, 그럴 때는 어떻게 하면 다시 평온함을 되찾을 수 있는지 해답을 찾지 못한 채 힘든 시간을 보냈어요. 무작정 '분명 사랑하는데 왜 이럴까?' 하며 나를 자책하기도 하고, '좋은 엄마가 되기는 어려워!' 하면서 포기하기도 했어요. 그런데 내 감정의 이름을 알고, 그것을 어떻게 다스려야 하는지 알게 되면서 육아 스트레스가 많이 사라졌어요. 무엇인가를 미루고 있을 때는 나를 게으르다며 몰아세우는 것이 아니라 내 마음의 이름이 두려움이라는 것, 그래서 '걱정 마!' 하고 나를 격려해야 한다는 것을 알게 되었지요.

그리고 내가 경험한 이 변화를 아이에게도 선물해 주고 싶었어요. 아이도 자신의 감정을 이해하고 나아가 다른 사람의 감정을 공감할 수 있도록 이끌어주고 싶었지요. 물론 '원래부터 남자아이는 공감 능력이 없는 것 같아' 하고 고개를 흔들 때도 있었답니다. 엄마가 속이 안 좋아서 토할 것 같다고 하니까 멀리 도망가면서 "엄마, 제발 내 옷에 토하지 말아줘요"라고 말하는 아이를 볼 때면 말이에요. 하지만 낙심하지 않고 계속해서 씨를 뿌리기만 하면 어느 순간 아이의 마음에 움튼 싹을 발견하는 기쁨을 누릴 수 있어요.

친구가 자신을 속상하게 했는데도 '아, 그런 사정이 있었구나. 나도 그랬는데.' 하면서 이해하려고 애쓰는 모습을 볼 때 참으로 기쁘지요. 요즘은 오히려 예상치 못한 곳에서 지나치게 감성적인 모습을 보여서 웃음을 주기도 한답니다. 중국의 갑골 문자에 대해 설명해 주었더니 뜬금없이 거북의 입장이 되어 '너무한다'며 분통을 터트리더라고요.

피터팬에 나오는 달링 부인은 웬디와 존, 마이클이 잠들고 나면 차곡차곡 빨래를 정리하듯 아이들의 머릿속을 정리해요. '도대체 이런 건 어디서 주워 왔지?' 하고 의아해하기도 하고, 착한 생각은 마치 귀여운 새끼 고양이인 양 뺨에 갖다 대보고 나쁜 생각은 서둘러 안 보이는 곳으로 치워 버리지요. 그래서 아이들이 깨어났을 때에는 심술궂은 장난과 못된 생각들은 조그맣게 접혀 맨 밑바닥에 놓이고 맨 위에는 그보다 예쁜 생각들이 펼쳐진 채로 아이들을 기다리게 된답니다.

달링 부인처럼 아이들에게 훌륭한 사람이 되고 싶어 하는 마음을 일으키는 방법은 없을까요? 아이의 마음을 예쁜 밭으로 가꿀 수 있는 방법은 무엇일까요? **아이는 자신이 받은 공감을 통해 따뜻한아이로 자라나요.**

아이가 자신이 받은 사랑과 이해를 또 누군가에게 전해주는 따뜻한 아이가 된다는 것, 너무나 설레지 않으세요?

내 마음을 이해하고 다른 사람의 마음을 공감하며 이 세상에 자신을 표현할 수 있는 아이, 힘든 순간이 찾아와도 자기 자신을 격려하며 일으켜 세울 수 있는 아이를 만드는 일에 이 책이 작은 씨앗이 되길 바랍니다.

마지막으로 나에게 이 책을 쓰고 싶은 마음을 선물해 준 지금은 독일에 있는 내 어린 친구, 사랑하는 시현이와 좋은 엄마가 되고 싶도록 나를 격려하는 법을 알려주신 이애경 권사님에게 사랑과 고마움을 전합니다.

<u>이요셉 작가</u>

이제 결혼한 지 10년이 넘었습니다.

사랑해서 결혼했고, 결혼해서 더욱 사랑하게 된 아내와 내게서 태어난 이유 때문에 운명적으로 사랑하게 된 딸과 아들을 둔 이요셉 작가입니다. 다큐멘터리 사진을 찍으며 세계 여러 곳에서 많은 사람들을 만나온 제가, **세상 모두를 사랑한다고 말할지라도 가족을 최우선으로 사랑하지 못한다면 그 모든 것은 위선일 뿐입니다.**

가장 가까운 이를 사랑하지 못하는 이가 어떻게 더 큰 세계를 안을 수 있을까요? 정말로 사랑해야 할 사람을 이렇게 마음껏 사랑할 수 있다는 게 제겐 얼마나 감사한 일인지요. 하지만 아무리 가족이라도, 사랑하는 것은 정말 생각만큼 쉽지가 않습니다. 사람마다 각자의 인격과 감정을 가지고 있기 때문입니다. 아이들의 언어는 어른이 이해하기에 서툴러서 아무것도 아닌 것처럼 생각할 때가 있습니다. 하지만 아무것도 아닌 감정 때문에 어른들도 살아가기에 벅찰 때가 얼마나 많은가요? 아이의 언어로, 아이의 눈높이로 바라봐 주면 비로소 아이의 마음을 들여다보는 법을 알게 됩니다. 아이를 기른다는 것은, 다른 말로 사랑을 준다는 것은 결코 쉬운 일이 아니라는 것을 매일 깨닫게 됩니다. 거리를 두고 사랑하는 것이 수월할 뿐이지 진짜 사랑은 중노동입니다. 하지만 그것은 매일 설레는 일이기도 합니다.

세상에서 가장 가치 있고 설레는 중노동이 바로 '사랑하기'입니다.

그리고 '사랑하기'의 첫 번째는 먼저 아이들의 마음을 들여다보는 일이고요.

김지영 작가

올해 6살, 7살의 연년생 두 딸을 키우면서 글도 쓰고 그림도 그리며 책을 만들고 있는 김지영 작가입니다.

첫째를 낳는 순간부터 독박 육아와 일과 집안일을 병행하고 있는 이 시대의 엄마입니다. 마음은 파이처럼 여러 조각으로 쪼개져 있어서 나의 꿈과 육아 그 외 여러 조각의 생각들이 매일 와글거립니다. 때론 '내가 잘하고 있는 건가' 자괴감도 들고, 길을 잃은 듯한 불안감을 안고 하루하루를 지나고 있습니다. 그새 두 딸은 대나무처럼 쑥쑥 자라서 어느새 어린이가 되어 가고 있습니다. 그동안 너무 힘들지 않았냐고 누군가 물어보면 저 스스로에게 되물어봅니다.

'그동안 힘들었나?'

솔직히 힘든 줄도 모르고 그 시간이 흘러간 것 같습니다. 두 딸이 고맙게도 사이좋게, 건강하게 커 준 덕도 있지만 아주 힘들었던 시기들도 시간이 지나면서 잊어버렸기 때문인 것 같습니다. 아이를 키우며 공감 사전에 그림을 그리는 지금도 육알못(육아를 잘 알지 못하는 사람)인 저는 그저 또 마음을 다잡을 뿐입니다. **아이들의 감정에 좀 더 민감하게 반응하길, 아이들을 위해 매일 기도해 줄 수 있길, 더 사랑**

하길 다짐합니다. 한편으로는 엄마인 저도 한 사람으로 자라나기 위해 아이들과 함께 발돋움하고 있습니다. 이 책이 아이들의 감정을 이해할 뿐만 아니라 아이를 키우며 함께 자라는 수많은 부모님과 공감하는 책이길 바랍니다.

2019년 2월

김지연, 이요셉, 김지영

- 여는 글

『공감사전』은 아이마다 다른 마음 속 감정을 읽어주고
표현할 수 있게 돕는 친구로 그림책을 소개하고 있어요.

내 감정의 이름을 아는 것은 왜 중요할까요?

유치원에서 유달리 흥분을 잘하고 손과 발이 먼저 나가는 친구가 있었어요.
그런데 그 아이가 화가 날 때마다 먼저 아이의 감정을 읽어주었어요. "먼저
하고 싶었는데 친구가 먼저 해서 속상했구나." "지금은 너는 이 놀이를
하고 싶지 않구나." 그랬더니 신기하게도 아이의 과격한 행동이 눈에 띄게
사라졌답니다. 친구가 내 감정을 알아주는 것만으로 아무것도 하지 않았어도
이미 마음이 풀려버리는 경험, 우리도 있잖아요.
감정의 이름을 알면 부정적인 감정이 들 때 내가 어떻게 대처해야 할지 더 잘
알 수 있어요. 그리고 무엇보다 나의 감정을 이해하는 것을 바탕으로 다른
사람의 감정을 이해하고 공감하면서 사회성을 기를 수 있답니다.

감정에는 여러 가지 종류와 다양한 색깔이 있어요. 아기가 태어나면 쾌와
불쾌 같은 1차 감정들을 느끼고, 점점 자라 자기와 타인을 구별하면서 '자랑
스럽다, 부끄럽다'와 같은 2차 감정들도 느끼게 되지요.

아기가 자라면서 수많은 낱말을 배우는 것처럼 자신의 마음을 표현하는 감정의 언어들도 배워야 해요. 실제로 많은 유아들이 모든 감정을 '밉다'는 말로 표현하는 것을 보게 될 때가 많아요. '친구가 미워' 하고 말하는 대신, '친구가 내 블록을 무너뜨려서 나는 너무 화가 나' 하고 말할 수 있다면 듣는 아이도 '블록을 무너뜨려서 미안해' 하고 사과하며 심하게 다투지 않아도 될 거예요. 그런데 만약 우리가 여러 가지 감정들을 분류할 수 있다면 각 감정들에는 어떤 색깔이 어울릴까요? 분노는 왠지 빨간색이 떠올라요. 슬픔은 푸른색이 떠오르고요. 그래서 공감 사전에서는 이 감정들을 ㄱㄴㄷ 순서로 묶지 않고, 감정의 스펙트럼을 따라 종류별로 묶어서 소개하고 있어요.

아이가 정서를 느끼고 표현할 수 있게 풍부한 어휘를 습득할 수 있도록 아이의 눈높이에 맞는 감정 어휘 50가지를 뽑아서 감정의 종류에 따라 구분하여 보여줍니다. 자신의 감정을 풍부한 어휘로 표현할 수 있는 아이는 세상에 나를 표현할 수 있는 당당한 아이로 자라날 수 있습니다.

익숙해 지나치기 쉬운 상황에서도 아이의 마음을 읽어주세요. 어느 날 길을 걷다 넘어진 내게 아이가 말했어요.

"그러게, 조심했어야지!" 그 순간 그동안 내가 아이에게 건넸던 말들이 공감의 언어가 아니었음을 알고 부끄러웠어요. 그때 내가 아이에게 듣고 싶었던 말은 무엇이었을까요?

"엄마, 많이 아프겠다. 호~" 이렇게 내 감정과 느낌을 이해하고 수용하는 공감의 말이었겠지요. 사실 저는 결혼 전부터 『감정코칭』이라는 책을 읽고 '아이가 태어나면 꼭 이렇게 해주어야지' 하고 다짐했습니다. 감정 코칭은 아이 스스로 부정적인 감정을 조절하고 긍정적인 해결책을 스스로 찾도록 부모가 도울 수 있는 방법을 소개하는 책이에요. 그런데 이론과 현실은 얼마나 다른지, 아이의 감정을 있는 그대로 읽어주는 단계를 자꾸만 건너뛰고 말았답니다.

울고 있는 아이에게 "왜 울어?", "그만 눈물 닦자!", "엄마가 도와줄게." 등의 수많은 말은 건넸어도 "지금 너무 슬프구나." 하는 말은 잊어버렸지요. 그건 이론을 몰라서가 아니라 아마도 처음 엄마가 된 탓에 온갖 시행착오를 거치느라 마음의 여유가 없었기 때문일 거예요. 그런데 돌아보면 아이의 마음을 읽는 시간은 아주 짧은 시간이에요.

우리의 일상 속에서 잔잔히 스며들 수 있는 '아이의 마음을 읽어 주는 시간'을 꼭 놓치지 않았으면 좋겠습니다. 아이가 지퍼를 올리려다 잘 안 돼서 울음을 터트릴 때, 아이가 식탁 앞에서 음식을 먹을까 말까 망설일 때, 아이가 낯선 사람 앞에서 엄마 치마 뒤로 숨어서 고개만 빼꼼 내밀 때, 이런 일상의 순간들이 모두 아이의 마음을 읽어줄 수 있는 시간들이지요. 그래서 공감사전에는 너무 익숙해서 우리가 지나치고 있는 일상의 한 순간, 한 순간들을 스냅 사진처럼 담아냈어요.

아이가 자신의 감정을 인식하고 이해할 수 있도록 각 상황 속에서 아이의 마음을 읽어주세요. 부모가 아이의 감정을 적절하게 읽어줌으로써 아이는 상황과 그에 따른 자신의 감정을 자연스럽게 이해할 수 있습니다.

마음이 자라는 그림책 꾸러미도 함께 읽어 보세요.
개인적으로 '모든 것이 엄마에게 달려 있다'는 식의 육아서를 기피하는 편이에요. 꼭 엄마가 아니어도 돼요. 하지만 누군가는 아이에게 꼭 해 주어야 할 일이 있어요. 아이의 마음을 기름진 밭으로 가꾸는 일이에요.

아이는 자신을 가장 가까이서 따뜻하게 보살펴 주는 어른의 모습을 통해 다양한 감정에 대해 관심을 갖고 이해할 수 있으며 감정에 따른 표현 방법들을 모방할 수 있습니다.

공감 사전에서는 이 일을 즐겁고 수월하게 해 나갈 수 있도록 돕는 친구로 '그림책'을 초대하고 있어요. 소리 내어 그림책을 읽는 일이 왜 좋은지는 이미 너무 잘 알고 있을 거예요. 그런데 특별히 이 책에서는 아이들의 공감 능력을 높일 수 있는, 마음의 힘을 길러주는 그림책들을 가려서 뽑아보았습니다.

슬프고 기쁘고 두렵고 후회하는 이야기들이 아이들의 마음을 두드리고, 이야기 속에서 자신의 모습을 비추어 보며, 어느새 마음의 힘이 성큼 자라날 수 있기를 바랍니다.

하나. 아이와 부모의 유쾌한 감정

"기뻐요"_비 오는 날의 소풍

"좋아요"_내 사랑 뿌뿌

"자랑스러워요"_난 뭐든지 할 수 있어

"감사해요"_아빠, 나한테 물어 봐

"사랑해요"_너는 특별하단다

"만족해요"_민들레는 민들레

"기대돼요"_씨앗 100개가 어디로 갔을까?

"반가워요"_나는 아빠가

"용감해요"_여우모자

둘. 아이와 부모의 불편한 감정

셋. 아이와 부모가 함께 자라는 마음의 힘

하나. 아이와 부모의 유쾌한 감정

[기쁨]

"기뻐요"

□□□□□□   joyful

짜잔, 널 위해 준비했어!
네가 기쁘면 나도 기뻐.

아이의 유치원 첫 소풍이 기억납니다. 소풍 전날 도시락을 준비하며 얼마나 마음이 분주했는지…. 작은 두 어깨로 가방을 메고 다닐 모습을 생각하며 '도시락이 너무 무겁지는 않을까' 걱정하면서도 '이 과자는 꼭 넣어주고 싶어' 하면서 넣었다가 '아니야, 아무래도 음식이 너무 많은 것 같아' 하면서 가방을 도로 비워내기를 여러 번 반복했던 내 모습이 떠오릅니다.

아이가 여섯 살 때, 워킹맘이 되면서 직접 김밥을 싸지 못하고 주문한 김밥을 도시락통에 담아주기만 한 적도 있지만, 그때도 미리 아이의 모습을 그려보았습니다. 도시락을 처음 열었을 때 아이의 기쁨이 가득한 얼굴을요.

"짜잔, 깜짝 놀랐어? 모두 엄마가 널 위해 준비한 거야. 정말 예쁘지? 정말 맛있겠지? 네가 기쁘면 엄마도 기뻐!"

아이는 이미 잠이 들고 엄마 혼자서 아이의 소풍 가방을 앞에 둔 채 이것저것 준비하면서 마음에 솟아오르는 말들을 고이고이 마음에 담아둡니다. 점심 무렵에는 입안 한가득 김밥을 넣고 두 볼이 볼록해진 아이의 얼굴을 떠올리며 혼자 흐뭇해하다가 소풍을 다녀온 아이와 저녁 식탁에 둘러앉아 **"맛있게 먹었어? 친구들, 선생님과도 나눠 먹었지?"** 하면서 도란도란 이야기꽃을 피웠던 기억이 아이의 첫 소풍날의 추억입니다.

| 김지연

'엄마도 소풍 전날 비가 오면 어쩌지 하고 걱정한 적이 있었어' 하면서 엄마의 소풍 이야기도 들려주고, "소풍날 비가 오면 기분이 어떨 것 같아?"라고 아이의 마음을 슬쩍 물어보면서 책을 읽기 시작하지요.

"아저씨, 우리가 이걸 다 먹을 수 있을까요?"
"그럼, 하루 종일 밖에 있을 거잖아."

이렇게 시작된 소풍 준비가
"셀레스틴, 네 말이 맞는 것 같아. 음식이 너무 많아!"
"그렇다니까요!"
이렇게 바뀌는 장면에서
"에르네스트가 후추까지 챙긴 거 아니야?" 하면서 농담을 건네며
"엄마도 너의 소풍 가방을 싸면서 이런 모습이었단다." 하고
이야기하지요.

"셀레스틴, 화내지 말고 들어⋯. 소풍을 못 갈 것 같아⋯. 비가 와!"

비 오는 날의 소풍

황금여우
가브리엘 뱅상 글·그림

그런데 소풍을 가기로 한 날 비가 오고 말아요.
너무도 실망한 셀레스틴을 위해 비가 오지 않는 셈 치고
소풍을 가자고 제안하는 에르네스트.
그리고 둘은 어느 숲속에 텐트를 만들고
아늑한 텐트 아래에서 특별한 소풍을 즐기지요.

이 책에서 저와 아이의 시선이 가장 오래 머문 페이지는
빗속에서 셀레스틴과 에르네스트가 함께 춤을 추며
걷고 있는 장면이랍니다.

짐도 잠시 길에 내려놓고 빗소리에 맞춰 추는 왈츠.
다 큰 어른 에르네스트가 어린애처럼 빗속에서
무엇을 하고 있는 건지 묻는 사람이 있다면
아마도 이렇게 대답하겠지요?

"셀레스틴, 네가 기쁘면 나도 기뻐!"

"좋아요"

□□□□□□ favorite

 이불 친구가 너무 좋구나!
따뜻하고 포근하지?

아기가 태어나기 전 무엇을 준비해야 할지 몰라 허둥댔던 초보 엄마 시절을 떠올려 봅니다. 목록까지 만들어가며 필요한 물건들을 하나씩 장만하고, 집 안 이곳저곳을 아기에게 편안하고 안전한 곳으로 조금씩 바꾸어 가다 보니 어느새 출산일이 성큼 다가와 있었지요. 겉싸개, 속싸개, 손싸개, 배냇저고리 등등 '뭐가 이렇게 많지?' 하다가도 '내 아이가 처음 누울 이부자리는 정말 푹신하고 따뜻하면 좋겠다' 하면서 이불가게의 아기 이불을 손으로 살짝살짝 만져보던 기억들이 떠오릅니다.

그런 엄마의 정성 덕분이었을까요? 태어난 아이는 정말 이불을 좋아했습니다. 특히 천이라는 천은 모조리 입으로 쪽쪽 빨아댔고, 이불을 덮어주면 군침을 흘리며 입으로 가져가 맛을 보았어요. 그 모습을 보면서 '아기에게 이불은 단지 덮고 자는 것이 아닌 온몸으로 느끼는 엄마의 체온 같은 거구나' 하고 알게 되었어요. 이제는 중간에 구멍이 뚫리고 천이 낡아서 예전처럼 푹신하지 않지만 7살이 된 아이는 여전히 아기 이불을 내 친구 '포근이'라는 애칭으로 부르며 좋아합니다.

"언제까지 아기처럼 굴 거야!"라고 말하고 싶을 때도 있지만 막상 그 꼬질꼬질한 이불을 버리려니 어쩐지 아쉬운 마음이 듭니다. 그래서 잔소리를 꾹 참고 그저 아이의 마음 그대로 인정해 줍니다.

"그래, 이불이 너무 좋구나. 포근하고 따뜻하지?"

| 김지연

어디서나 특히 땅바닥에 끌고 다니는 담요 때문에,
꼬질꼬질 낡은 애착 인형을 유치원에도 가져가겠다고
떼를 쓰는 아이 때문에, 힘든 엄마가 있다면
이 책을 한번 읽어보세요.

처음엔 족집게 아줌마가 들려주는 온갖 비법들,
'요술담요 비법, 식초 비법, 무조건 안 돼' 비법들에
귀가 솔깃해질 거예요. '나도 이 방법을 써볼까?' 하고요.

하지만 오웬은 족집게 아줌마의 비법들을
모두 물리쳐 버립니다.
요술담요가 담요 친구, 뿌뿌를 데려가지 못하도록
잠옷 바지 속에 뿌뿌를 꼭꼭 쑤셔 넣고 잠들기도 하지요.

더 이상 푹신하지도 않고
여기저기 얼룩투성이인 더러운 낡은 담요를
오웬은 도대체 왜 좋아하는 걸까요?

그런데 이상하지요.
오웬이 뿌뿌와 함께하는 일상을 지켜보다 보면
나도 모르게 족집게 아줌마보다는 오웬 편이 되어
무슨 방법이 없을까 고민하게 된답니다.
그리고 아이와 함께하느라 낡아버린 담요에게
어쩐지 고마운 마음이 들기까지 합니다.

아이의 첫 친구가 담요였다니….
앞으로 많은 친구들을 만나더라도
아이를 포근하고 따뜻하게 감싸주었던 보드라운 담요만큼
좋은 친구는 없을지도 몰라요.

내 사랑 뿌뿌

비룡소
케빈 헹크스 글·그림

"자랑스러워요"

□□□□□□ proud

언제 이렇게 컸지?
쑥쑥 자라는 네가 정말 자랑스러워.

　포대기에 싸여 잠만 자던 아기가 때가 차면 뒤집고, 기고, 걸을 때쯤 하나씩 하나씩 할 줄 아는 것들이 늘어납니다. 처음으로 혼자 코를 풀던 날이라든가, 처음으로 한쪽 발로 깡충 뛰기를 성공한 날이라든가, 그런 소소한 일을 해낼 때마다 아이는 무척 기쁘고 의기양양해 했습니다. 그런데 유치원에 다니면서 아이의 의기소침한 모습이 종종 보이기 시작했습니다.

"엄마, 나는 글자를 잘 못 읽어."

"엄마, 나는 발표할 때 자꾸 쑥스러운 마음이 들어."

　다른 친구들과 자신의 모습을 비교하며 주눅 들어 있는 아이를 어떻게 격려해야 할지 고민하게 되었어요. 그때 우리를 도와준 것이 아주 작은 도토리예요. 어느 가을날에 도토리를 함께 주우며

"나무는 풀처럼 빨리 자라지 않지만, 오래오래 커다랗게 자란단다."

"너는 멋진 나무야. 그러니까 빨리빨리 자라서 빨리빨리 꽃을 피우지 않아도 돼."라고 말해주었는데 이해했는지는 잘 모르겠어요.

　하지만 도토리 안에 있는 커다란 참나무를 볼 줄 아는 눈으로, 자신을 바라보고 있는 엄마가 곁에 있다는 것을 느낄 수 있게 해 주고 싶습니다.

　할머니 댁에 가면 키를 재서 기록하는 곳이 있습니다. 그 눈금을 바라보며 "우아, 굉장하다! 정말 자랑스러워!"라고 말해주는 가족들의 눈빛 속에서 조금은 느리더라도 자기의 속도로 자랄 수 있는 힘을 얻을 수 있기를 바랍니다.

| 김지연

"나, 참 신기해. 할 수 있는 게 정말 많아!"

아이는 첫 페이지를 읽자마자
"어, 이 아이 특이하다!" 하고 말했어요.
로타는 어디를 가든 곰 인형, 밤세를 가지고 다니고,
(사실 밤세는 돼지 인형이에요)
겨우 다섯 살이면서 자기는 무엇이든 할 수 있다고 말한답니다.

스키 타면서 방향 바꾸기는 할 수 없지만
휘파람도 불 줄 알고
아픈 베리 아줌마에게 빵을 가져다드리고
음식물 쓰레기를 버릴 수도 있어요.
이 두 가지를 혼동해서 엄청난 소동이 벌어지지만요.

그때 요나스가 로타를 빤히 쳐다보며 말했어요.
"너는 할 수 있지? 뭐든지 할 수 있다고 했잖아.
크리스마스트리를 구해와. 미아 마리아가 말했어요.
"오빠 바보야. 로타. 오빠 말은 안 들어도 돼. 오빠 정말 못됐어."

무엇이든 할 수 있다는 로타가
과연 아빠도 구하지 못한 크리스마스트리를 구할 수 있을까요?

커다란 크리스마스트리를 구해서
자기 썰매에 싣고 씩씩하게 걷고 있는 로타를 보세요.

이 책의 재미는 무엇보다 로타의 캐릭터에 있어요.
『말괄량이 삐삐』의 저자인 린드그렌이 그려낸
누구보다 씩씩하고 당찬 로타를 만나보세요.
아이도 어느새 "난 무엇이든지 할 수 있어!" 하면서
로타처럼 당당한 자신의 모습을 자랑스러워 할지 몰라요.

난 뭐든지 할 수 있어

논장
아스트리드 린드그렌 글
일론 비클란트 그림

"감사해요"

□■□□□□□   thankful

드디어 성공이네!
배 아프지 않아서 정말 감사하다.

기저귀를 떼고 배변 훈련이 끝난 후에도 저와 아이는 화장실에 함께 갑니다. 응가가 잘 나오지 않을 때는 걱정하며 손도 잡아주고, 아직은 엉덩이도 닦아주어야 합니다.

"아빠, 나가 있어!"

평소처럼 아이가 응가 마렵다고 해서 변기에 앉혔더니 저보고 나가 있으라고 합니다.

"응? 왜?"

"빨리 나가 있어."

아이는 이유도 말해주지 않은 채 저를 화장실 밖으로 밀어냅니다. 요즘 점점 숙녀가 되어가더니 이젠 부끄러워하는 걸까요? 조금 더 자라면 제가 씻겨주는 것도, 같은 방을 쓰는 것도 모조리 거부할까 봐 덜컥 겁이 납니다. 벌써 이러면 안 되는데 말이죠. 당황스러워하며 화장실 앞에서 기다렸다가 엉덩이를 닦아주러 다시 화장실로 들어갔습니다. "윽, 응가 냄새!" 너스레를 떨며 코를 잡고 화장실에 들어서는 제게 아이가 웃으며 말합니다. "그러니까 아빠 나가 있으라고 했잖아."

"아, 그랬구나. 아빠를 배려해서 나가 있으라고 한 거구나?"

아이의 말을 듣고서야 겨우 안심이 되었습니다. 네 살이 되더니 하루가 다르게 말솜씨가 좋아지는 걸 보며 조바심이 생깁니다. 하룻밤 자고 일어나면 훌쩍 커버리는 것 같아서 말입니다. '천천히 자라도 돼.'

정말 이 녀석을 다 키우고 나면, 시집을 보내야 하는 걸까요? 그때까지 딸을 시집보낼 수 있는 마음의 수련을 열심히 해야 할 것 같습니다.

| 이요셉

평소에는 엄마랑 많은 시간을 보내다가
어느 특별한 날 아빠와 단둘이서 손을 잡고 데이트를 하고
맛있는 아이스크림을 먹었던 기억이 떠오르게 하는 책이었습니다.

책 속의 아이와 아빠처럼 많은 대화를 나누지 못하고
그저 "맛있니?" 하고 물어보셨던 아빠.
집에 돌아오는 길에 "엄마 말씀 잘 들어라." 하고 당부도 하셨던 걸
생각해보면 사춘기가 시작되는 무렵,
엄마와 딸의 관계가 걱정되어 특별히 낮에 시간을 내어
딸을 만나러 나오셨던 것 같아요.

그때는 모르고 이제야 와닿는 엄마, 아빠의 마음.
그리고 사랑.

내가 어린아이의 모습으로
엄마, 아빠와 함께할 수 있었던 시간이
부모님에게도 나에게도 정말 감사한 시간이었어요.
아이의 손을 잡고 그저 걷기만 해도,
같이 나란히 서서 양치질을 하고,
'잘 자'라는 인사와 함께 잠드는 평범한 모든 일상들이
이미 감사 라는 것을,
아이와 함께 읽으며 느껴보세요.

혹시 예전의 우리 세대의 아빠들처럼
아이와 짧은 대화만 하는 아빠가 있다면
이 책을 소리 내어 아이와 함께 읽어보세요.

아빠, 나한테 물어봐

비룡소
버나드 와버 글/ 이수지 그림

"사랑해요"

□□□□□□   loving

사랑하는 아이야,
비바람을 막아주는 너의 작은 우산이 되어 줄게.

우산도 없는데 갑자기 비가 내린 어느 날 아이를 외투 속에 품은 채 엉거주춤 걸어서 집에 온 적이 있습니다. 비에 홀딱 젖은 얼굴을 서로 쳐다보며 깔깔거리고, 젖은 옷을 모두 훌훌 벗어 던진 아이를 먼저 따뜻한 물에 씻겨 주었습니다. 아이가 보송한 새 옷을 입은 다음에야 저도 후다닥 샤워를 했지요.

우산이 없을 때 비가 오면 대신 비를 막아주고 싶은 마음, 바람이 세게 불 때 나도 모르게 품속으로 아이를 끌어안는 그런 마음, 이런 게 사랑일까요? 아이를 돌보면서 지칠 때도 있고, 나도 모르게 아이에게 뾰족해질 때도 있습니다. 사랑한다고 하면서 돌아서면 화를 내고 있는 모습도 있지요. 하지만 어김없이 비가 오거나 찬바람이 불면 그런 마음이 듭니다.

'비를 멈추게 할 능력은 없지만 작은 우산은 되어줄 수 있잖아!'

혼이 난 하루였어도 아이는 잠들기 전에 여전히 **"엄마, 사랑해"** 하고 잠이 듭니다. 아직은 서로 가장 많이 하는 말, **"사랑해!"** 그 말을 견고하게 지켜낼 능력이 아직 작은 우산 같지만 마음만은 정말 진심이에요.

| 김지연

엄마, 아빠가 나를 왜 사랑할까?

아이는 한 번쯤 자기 자신에게 이 질문을 해 보는 것 같아요.
그러다 도저히 모르겠으면 엄마, 아빠한테 물어보지요.

"엄마, 나를 왜 사랑해요?"
그때 어떤 대답을 하면 좋을까요?
한번은 우리 아이가 "내가 아니라 다른 아이가 태어났어도
그 아이에게 자기의 이름을 붙이고 사랑했겠지요?" 라고
말한 적이 있어요. 또 자기 반에 가장 똑똑하고 칭찬을
많이 받는 아이 이름을 대며,
만약에 자기가 아니라 그 아이였다면 어땠을지 묻기도 했지요.
딱 그 무렵 그때 이 책을 함께 읽었던 기억이 나요.

너는 단지 너라는 이유만으로
특별하단다

처음엔 이 말이 이상하게 들릴 거예요. 그게 뭐야 싶고요.
세상은 특별함에 항상 이유가 있거든요.
이 세상에 착한 아이 스티커가 얼마나 넘쳐나는지 몰라요.
어떤 아이들은 집에서까지 스티커판이 있지요.
책에서처럼 잘못했을 때 점표를 붙이지는 않지만
스티커를 떼어버리는 엄마, 아빠도 얼마든지 있다니까요.

집에 스티커판이 있어도 한 번쯤은 아이와 이 책을 읽으며
이렇게 이야기해 보세요.

"엄마가 너를 사랑하는 이유는 엄마가 너를 사랑하기 때문이야."
"이유가 왜 없어요?" 하면서 고개를 갸웃거릴지도 모르는 아이.
하지만 시간이 흘러 내 아이도 알게 될 거예요.
엄마의 사랑에 이유가 없는 이유를.
그러면 자신에게 상처를 준 사람의 말도 한 귀로 듣고
한 귀로 흘려보낼 수 있게 될지도 몰라요.
엘리 아저씨를 만난 이후로 펀치넬로와 루시아의 몸에는
별표도 점표도 붙지 않는 것처럼요.
있는 모습 그대로 "너를 사랑해"라고 말하고 싶을 때
아이와 함께 이 책을 읽어보세요.

너는 특별하단다

고슴도치
맥스 루케이도 글
세르지오 마르티네즈 그림

"만족해요"

■□□□□□ content

네가 있어서 오늘은 이미 완벽한 하루야.
그것으로 아빠는 만족한단다.

따사로운 어느 봄날 오후의 일입니다.

아이와 함께 동네 카페로 소풍을 나왔습니다. 밖이 시원하게 내다보이는 창가에 앉아 나는 라테를, 아이는 쿠키를 주문했지요. 찾아간 카페 이름은 'HANAMARU(하나마루)'입니다. 일본어로 '동그란 꽃'이라는 뜻이라네요. 우리가 어렸을 때 숙제를 잘해가면 선생님께서 '참 잘했어요' 도장을 찍어주는 것처럼 일본에서는 잘한 작품에 하나마루를 하나씩 달아준다고 합니다. 창가에 얌전히 앉아 쿠키를 먹던 아이가 갑자기 생뚱맞은 질문을 합니다.

"아빠, 지금 기쁘지?"

"응?"

"기쁘잖아."

"아빠가 왜 기쁜데?"

"내가 있어서 너무 기쁘지?"

"응? 응!"

아이는 이제 네 살입니다. 네 살짜리 아이가 어떻게 이런 확신에 찬 이야기를 할 수 있는 걸까요? 내가 얼마나 바보처럼 웃고 있었기에 아이가 이런 말을 건넨 것인지 몰라서 순간 얼굴은 붉어졌지만 마음속에는 알 수 없는 뭉클함이 피어올랐습니다. 내 마음을 맞춘 아이에게 커다란 하나마루를 하나 붙여 줘야겠습니다. 해야 할 일을 하나도 못했지만 아이와 함께 보낸 시간으로도 만족스러운 하루였습니다.

| 이요셉

처음엔 그냥 '민들레 이야기구나' 하고 책을 읽었어요.
그런데 갑자기 궁금한 마음이 들지요.
작가는 '민들레는 민들레'라는 말을 왜 책 한가득 써 놓았을까?
책을 여기저기 살펴보다가 작가 소개의 한 구절이 눈에 확 들어와요.

민들레는 민들레
혼자여도 민들레
둘이어도 민들레
들판 가득 피어나도
민들레는 민들레

"어디에 있든 어떻게 있든 무엇을 하든, 민들레는 민들레인 것처럼,
누구나 참다운 제 모습을 지키고 가꾸며,
자기답게 살 수 있는 세상을 바랍니다."

작가의 말에 힌트를 얻어,
민들레 자리에 내 이름을 넣어서 다시 한 번 소리 내어 읽어봅니다.

이런 곳에서도 김지연
혼자여도 김지연
꽃이 져도 김지연

그렇게 읽어가다가 왜 그런지 모르게 눈물이 왈칵 쏟아지고 말았네요.
내가 나에게 듣고 싶었던 말이었나 봐요.

나는 나.
무엇을 덧붙이지 않아도
어느 곳에 있어도
어떤 모습이어도
나는 나.

이 책을 아이와 함께 읽으며 무엇보다 내가 나라는 사실에
감사하고 만족할 수 있었으면 좋겠어요.
꼭 소리를 내어, 민들레 자리에 이름을 넣어 읽어보세요.

민들레는 민들레

이야기꽃
김장성 글/ 오현경 그림

"기대돼요"

□□□□□□ hopeful

어떤 선물일까? 정말 기대된다.

여러 종류가 섞여 있는 너트 한 봉지만 있으면 할 수 있는 게임이 있어요. 두 눈을 감고 봉지에 손을 넣어서 무엇이 나올까 기대하는 놀이예요. 아이는 크랜베리와 건포도가 나오면 실망하고, 아몬드와 호두, 캐슈넛이 나오면 기뻐하지요.

'세상에, 너트 한 봉지로 그렇게 즐거운 표정을 짓다니!'

이렇게 소소한 일상 속에서 기대감을 맛본 아이는 크리스마스이브에 너트 한 봉지와 같은 설렘을 느끼게 된답니다. 산타 할아버지에게 드릴 쿠키와 따뜻한 우유 한 잔을 크리스마스트리 옆에 차려두어요. 그리고 두 눈을 꼭 감은 채 잔뜩 기대한 얼굴로 잠이 들지요. 그러면 엄마와 아빠는 아이가 깊이 잠들 때까지 기다렸다가 숨겨두었던 크리스마스 선물을 꺼내고 크리스마스트리 밑에 놓아둡니다. 정말로 산타 할아버지가 다녀 간 것처럼 엄마가 우유를 조금 마시고, 아빠가 한 입 크게 쿠키를 베어 먹는 것도 잊지 않는답니다.

다음 날 아침이 되었을 때 "우아, 산타 할아버지가 우리 집을 빠트리지 않고 다녀가셨네!" 하면서 선물 상자를 끌어안을 아이의 모습을 기대하는 것이 엄마 아빠가 받을 크리스마스 선물이 아닐까요?

무언가를 기대하고 소망하는 기쁨을 사소한 일상들 속에서 아이에게 알려주고 싶은 게 엄마 아빠의 마음이랍니다.

| 김지연

모든 일이 잘되기를 나무는
매서운 추위를 견디고
비 오는 날도, 확신이 들지 않는 날도
타는 듯한 더위도 견디며
마침내 기분 좋은 바람에
100개의 씨앗들을 날려 보냅니다.

모든 씨앗이 나무의 바람대로 싹을 틔우고
숲속의 새로운 나무로 쑥쑥 자라나게 될까요?

나무의 바람과는 달리
날아간 씨앗 중 싹을 틔운 것은 고작 3개뿐이었어요.
그런데 물이 부족해 단 하나만이 살아남고,
그 한 그루의 어린 나무조차도 철부지 토끼가 냠냠 먹어버립니다.

아아! 씨앗이 모두 사라져 버렸잖아!
책을 읽던 엄마도, 아이도 이 장면에서는 '끝이구나' 했어요.

그런데 나무는 아직도 기다리고 있었답니다.
모든 것이 잘되길 여전히 바라고 기대하면서 말이에요.

나무의 흔들림 없는 기다림 덕분이었을까요?
사라진 줄 알았던 씨앗들이
마침내 10개의 나무로 쑥쑥 자라났지요.

무엇인가를 기다리며 바라는 것은
어쩌면 씨앗을 심는 것과 비슷한 일일지도 몰라요.
바위 틈바구니, 거친 땅에서 숨어있는 듯 보이는 씨앗들은
때가 되면 불쑥 솟아올라 싹을 틔웁니다.
나무를 통해 아무것도 보이지 않을 때도
소망을 품는 방법을 아이에게 알려주세요.

씨앗 100개가 어디로 갔을까?

토토북
이자벨 미뇨스 마르틴스 글
야라 코누 그림

"반가워요"

  glad

우리가 마중을 나가면
아빠가 정말 반가워하실 거야.

집으로 돌아오는 길, 아내와 아이들은 저를 종종 마중 나오곤 합니다. 제 눈에는 이미 다 보이는데 아이들이 커다란 나무 기둥 뒤에 숨어 있다가 "와!" 하고 깜짝 놀라게 하지요.

"아빠, 우리가 마중 나올 줄 몰랐죠? 정말 깜짝 놀랐어요?"

반가워하는 아빠의 얼굴을 기대하며 준비한 아이들의 깜짝 선물입니다. 생일 때도 비슷한 풍경이 펼쳐집니다. 15분만 기다리면 제 생일입니다. 아내는 밤이 늦었는데도 애써 아이들을 재우지 않고 거실에서 무언가를 준비하고 있습니다. 나는 아무것도 모르는 척, 책상에 앉아 작업을 하고 있습니다. 분명 깜짝 생일 파티를 위한 비밀 이야기일 텐데, 아이의 조잘거리는 목소리가 방에 있는 내 귀에까지 들려옵니다.

"엄마, 아빠 이거 보면 정말 깜짝 놀라겠다. 엄마! 불이 정말 많다! 근데 우리 아빠 생일 선물 뭐 해줄까? 장난감 사줄까?"

아이에게 목소리 좀 낮추라는 아내의 속삭임이 들립니다. 크지 않은 우리 집에서 비밀 이벤트란 애초에 불가능한 일이지요. 갑자기 아이가 무언가를 결정한 듯 더욱 목소리가 커졌습니다.

"그래, 아빠에게 내가 안 쓰는 장난감 주면 되겠다. 음, 곰 인형이나 하나 주면 되겠네."

도대체 난 언제쯤 방에서 나갈 수 있는 걸까요? 그리고 곰 인형을 받으면 어떤 표정을 지어야 할까요?

들려도 안 들리는 척, 나가고 싶어도 못 나가고 모니터만 지켜보는 밤입니다.

| 이요셉

아이는 아빠가 마치 천하장사라도 되는 것처럼 굴어요.
아빠가 해준 목마를 타고
꺄르르 꺄르르 웃으며
'한 번 더, 한 번 더!'를 외칩니다.
그러면 아빠는 힘이 다 빠져서 숨이 차는데도
남은 힘을 짜내서 다시 아이를 들어 올려주지요.

그래서일까요? '나는 아빠가 천하장사였으면 좋겠다'는
책 속 한 장면이 왠지 낯설지 않게 느껴집니다.

"하지만 그러지 않아도 나는 아빠가 좋아요."

하지만 이 책이 보여주는 한편엔
현실 속의 아빠의 모습들이 있어요.
마음으로는 아이와 나들이를 가고 싶은데
지친 몸으로 소파에서 뒹굴뒹굴하고 있는 아빠의 모습.

아이에게 책의 제목을 보여주며,
나는 아빠가 뒤에 붙이고 싶은 말을 붙여보라고 했어요.
그랬더니 배시시 웃으며, 그저 이유도 붙이지 않고
"나는 그냥 아빠가 좋아요"라고 대답합니다.

퇴근하고 집에 돌아오는 아빠가 반가운 이유는
아빠가 천하장사여서도, 돈 많은 부자여서도,
대장이어서도 아니에요.

그냥 내 아빠니까!

곁에 있기만 해도 좋은 내 아빠니까 반갑고 좋은 거지요.
책을 읽어주며 오히려 아빠의 코끝이 찡해질지도 모르는 반가운 책,
『나는 아빠가』를 꼭 한번 읽어보세요.

나는 아빠가

우주나무
안단테 글/ 조원희 그림

"용감해요"

□□□□□□   courageous

 새로운 음식도 용감하게 잘 먹었네.

신혼살림을 시작하면서 요리를 시작한 초보 엄마가 이유식을 참 힘들게 해서일까요? 이유식을 잘 먹지 않던 아이는 밥을 먹게 되고 나서도 편식이 참 심했습니다. 늘 먹던 것만 먹으려 하고, 새로운 식재료는 맛도 보지 않고 무조건 거부하기 일쑤였어요. 이러다 아이가 병이 나는 건 아닐까 걱정하고 노심초사하던 순간들이 있었어요. **"엄마 밥이 맛이 없어서 미안해"** 하며 엉엉 울고 싶었던 순간들이 아직도 기억납니다.

고심 끝에 직접 당근을 뽑아보게 하고 요리에 참여한 후 먹게 하는 유아 식습관 개선 프로그램에 참여한 적도 있었는데 웬걸요, 흙을 맨발로 밟는 게 싫다며 내내 제 품에 안겨 다니고 뭐든지 제 바람대로는 잘되지 않았어요. 저만 식은땀을 줄줄 흘리고 당근 요리 먹는 것도 대실패였지요. 그러던 아이가 유치원에 다니기 시작하더니 조금씩 새로운 음식에 도전하기 시작했어요. 친구들이 먹는 모습을 보고 조금씩 용기를 낸 거예요.

"엄마, 나 이제 파프리카도 먹을 수 있다!"

"엄마, 나 오이를 껍질 채 먹고 싶어."

그런 아이의 모습에 용감하다는 칭찬이 절로 나왔어요. 엄마도 사실 잘하지 못하는데 새로운 요리도 용감하게 잘 먹는 아이가 기특했습니다. 깻잎, 콩, 파… 아직도 가야 할 길이 멀지만 그래도 이제는 예전보다 훨씬 나아졌어요. 제 요리 솜씨도요! 그래서 아이의 편식에 힘들어하는 엄마가 있으면 시간이 지나면서 다 잘된다고, 걱정하지 말라고 꼭 이야기해 주고 싶어요.

| 김지연

일부러 사람들이 다니지 않는 길로 돌아서 가는
소녀의 모습을 보면서 "어, 나랑 닮았네" 하며 읽었어요.
힘든 일이 있을 때는 혼자 있는 게 더 편해서
때로는 길에서 모르는 사람들과 마주치며 걷는 것조차
용기가 나지 않을 때가 있거든요.

사람을 피해 혼자 걷던 숲속에서 소녀는 엄마 여우를 만나고
엄마 여우의 부탁으로 아기 여우를 잠시 동안 맡게 됩니다.
그런데 엄마가 싫어하실까 봐 걱정하며 문밖에서 한참을 서성이다
결국엔 아기 여우를 모자처럼 쓰고 문을 두드린 소녀.

그런데 엄마가
"우와! 우리 딸, 멋진 여우 모자를 썼구나."
하면서 반겨줍니다.

시간이 흘러 여우모자가 소녀의 가장 친한 친구로 변하는 것처럼
소녀의 걱정거리도 꼭 기억하고 싶은 아름다운 꿈으로 변해가지요.
책을 덮고 생각해 보면 나에게도 소녀의 엄마같이 말해준 사람이
꼭 한 사람은 떠오를 거예요.

내가 소녀처럼 걱정거리를 머리에 이고 걱정하며 떨고 있을 때
아무것도 모르는 척 멋진 여우 모자를 썼다며 문을 열어주고,
걱정거리를 스스로 이겨낼 때까지 말없이 옆에 있어 준 친구.

두려워 말아요.
용기를 내어 마음의 문을 여세요.
문밖에서 당신의 마음이 열리길 기다리는 사람이 있어요.
누군가에게 다가갈 용기가 나지 않을 때
혹은 정말, 정말 혼자 있고 싶을 때 이 책을 한번 읽어보세요.

여우모자

로그프레스
김승연 글/그림

[놀람]

"놀랐어요"

□■□□□□□ surprised

 엄마가 없어진 줄 알고 많이 놀랐구나?
엄마도 그랬어.

사람이 많은 곳에서 아이를 잃어버린 적이 있습니다. 아는 사람을 만나 반갑게 인사를 하는 사이에 아이가 혼자서 쏜살같이 뛰어갔습니다. 서둘러 뒤쫓아 갔지만 어느새 시야에서 사라졌습니다. 너무도 사람이 많아 아이는 보이지 않았고 온 가족이 뿔뿔이 흩어져서 아이를 찾기 시작했습니다. 왔던 길을 되짚어서 되돌아갔지만 아이를 만날 수 없었습니다. '이곳을 빠져나갔으면 번잡한 시내인데 어떡하지?' 아이를 찾으러 뛰어다니며 얼마나 마음을 졸였는지 모릅니다. 그런데 다행히도 얼마 지나지 않아 한구석에서 아이 우는 소리가 들려왔습니다. 엄마를 잃어버릴 줄은 꿈에도 모르고 신나게 뛰어다니다가 갑자기 엄마가 없다고 느낀 순간 아이도 놀라서 소리를 지른 것입니다. 소리가 나는 곳으로 뛰어가 보니 얼마나 큰 소리로 울어댔는지 주변 사람들이 아이 곁에 서서 달래주고 있었습니다.

아이를 품에 안고 놀란 가슴을 쓸어내렸습니다. 아이는 엉엉 울면서 말합니다.

"엄마, 엄마도 놀랐어?"

"그럼. 엄마도 놀랐지! 엄마가 훨씬 더 많이 놀랐어!"

"엄마도 울었어?"

"그럼. 엄마도 울었지! 엄마가 훨씬 큰 소리로 엉엉 울었어!"

이런 대화를 주고받으며 그날 내내 손을 꼭 잡고 다녔습니다. 다시는 없었으면 하는 기억 중에 하나랍니다.

| 김지연

아기였을 때부터 지금까지 아주 좋아해서 읽고 또 읽는 책이에요.
아이는 아기 부엉이가 졸고 있는 장면을 보며
"아기 부엉이가 곧 나무 아래로 떨어질 거야" 하고 말한답니다.

그럼 엄마는 책에 글로 표현되지 않았어도
아기 부엉이가 아래로 떨어지는 효과음을
최대한 요란하고 생생하게 읽어주지요.

"쯧쯧, 엄마를 잃어버렸구나.
걱정 마! 내가 금방 찾아줄게.
근데, 엄마는
어떻게 생겼을까?"

아기 부엉이를 도와주려고 달려온 다람쥐 아줌마가
덩치가 크다는 말만 듣고 곰을 데려오고,
눈이 부리부리하다는 말만 듣고 개구리를 데려오는 장면들이
아이에게 재미를 줍니다.

'아기 부엉이니까 당연히 엄마 부엉이를 찾아야 하는 거 아니야?'
하고 생각하는 것은 어른의 생각이지요.
실제로 아이가 엄마를 잃어버려서 찾는다고 하면
엄마가 어떻게 생겼는지 물어보는 게 당연하니까요!
엄마 부엉이를 드디어 만나는 장면에서
아이는 엄마 부엉이의 눈물을 찾아냅니다.
그러면 엄마는 놓치지 않고,
"어머, 엄마 부엉이가 더 놀랐나보다."
"더 슬펐나보다!" 하고 맞장구를 치지요.
혹시라도 잠깐이라도 엄마를 잃어버렸던 경험이 있었다면
이 책을 읽고 또 읽으면서 아이보다 더 놀랐던 엄마의 마음을
전해보세요.

엄마를 잠깐 잃어버렸어요

보림
크리스 호튼 글/그림

"감탄해요"

wonderful

이렇게 예쁜 너희를 보면서
엄마 아빠는 매일 감탄해!

우리는 가족이 다 함께 거실에서 잡니다. 그래서 매일 자리 배치 때문에 시끌벅적하지요. 평소에는 서로 엄마 옆을 차지하려고 열을 냅니다. 그런데 오늘은 아이들이 함께 누웠습니다.

"동생은 내 장난감이에요. 저한테 허락 받고 손대세요."

누나가 동생을 소중하게 생각하는 말을 합니다. 그러면 동생도 지지 않고 말합니다.

"우리 누나는 내가 지켜줄 거야."

예쁜 말을 주고받다가 어느새 잠들었습니다. 이런 날은 둘 다 입가에 미소가 가득합니다. 아마도 꿈속에서 서로를 지켜주느라 기분 좋은가 봅니다. 사랑 받을 때 가장 행복한 것 같지만 누군가를 사랑할 때도 이렇게 행복을 느낍니다. 오늘은 아빠, 엄마도 서로 사랑하는 아이들의 모습 덕분에 '어쩌면 이렇게 예쁜 아이들의 엄마, 아빠가 되었을까' 감탄하며 잠이 듭니다.

지구 최강 괴물이 나타나도 뚝딱 해치워버릴 것만 같은 하루입니다.

- 이요셉

아이의 도시락을 예쁘게 꾸며본 적은 있어도,
아이의 도시락에 글을 써 볼 생각은 해 본 적이 없는 엄마들에게
쿠키 부스러기들로 '영리한'이라고 쓰고,
안두콩으로 '풋풋한'이라고 쓰는 방법을 가르쳐 주는 책입니다.

"우와! 아이가 집으로 돌아오기 전에 장난감 레고 조각으로
글을 써 봐야겠다" 하면서 읽게 될지도 몰라요.
그런데 뭐라고 쓸까요? 우리 아이는….
금방 떠오르지 않는다면 이 책의 아름다운 글귀들을
찬찬히 읽어보세요.

**쏟아지는 햇빛으로 쓸 거야. 너는 마음이 따스한 아이라고.
환한 달빛으로 쓸 거야. 너는 반짝반짝 빛나는 아이라고.
초롱초롱 별빛으로 쓸 거야. 너는 별처럼 고운 아이라고.**

국수로, 나뭇가지로 쓴 엄마의 편지를 받아본 적이 있는 아이는
언제 어디에서나 엄마의 편지를 받는 행복한 느낌으로
살아갈 것만 같아요. 정말 우리 아이가 너무 힘들었던
어느 날에 환한 햇빛을 받으며 엄마를 떠올리면서 힘을 내면
좋겠다는 생각을 해 봅니다.

오늘 이 책을 함께 읽고 아이에게,
'네가 얼마나 놀라운 아이'인지 이야기해 주세요.
그리고 엄마 자신에게도 이야기해 주세요.
지금 내 옆에 있는 아이는 매일매일 감탄하며
풀어보는 최고의 선물이라고!

그림 속, 숨은 단어들을 찾으며 읽어보고,
무엇이든 한 가지 정도는 따라해 보세요.
아이가 한글을 배우기 시작하면서 어떤 것이든 읽고 싶어 할 때가
절호의 기회예요!

엄마가 너에 대해 책을 쓴다면

청어람아이
스테파니 올렌백 글
데니스 홈즈 그림

"궁금해요"

 curious

민들레가 왜 안 날아가지?
모든 것이 너무 궁금하구나!

"엄마, 혀는 왜 있는 거예요? 음식 먹을 때 도움이 하나도 안 되는데."

"엄마, 원숭이는 서로 털을 골라줄 때 어떤 털은 남기고 어떤 털은 뽑아요?"

"엄마, 왜 두 발을 이렇게, 이렇게 움직이면 몸이 앞으로 걸어가요?"

어렸을 때부터 호기심이 많았던 아이의 질문은 항상 저를 놀라게 합니다. 당연하게 여겼던 것들인데 아이의 질문을 통해서 바라보면 세상은 참으로 신비롭습니다.

어느 날 아이가 "엄마 오늘 하루만 나를 '작고 검은 비구름'이라고 불러줄래요?"라고 정중히 부탁합니다. 새로운 호기심이 또 아이에게 찾아왔나 봅니다.

어느 무더운 여름날 비가 오래도록 내리지 않아서 계곡이 마르고 모두들 비 소식을 기다릴 때 네 살이었던 아이는 햇볕이 쨍쨍 내리쬐는 풍경을 보며 이렇게 노래한 적이 있었습니다.

"비가 올라간다! 비가 올라간다!"

그 노래를 듣고 있다가 하도 궁금해서 아이에게 물었습니다.

"이렇게 맑은 날. 비가 어디 있는데?"

그랬더니 아이가 하늘의 구름을 가리키며 대답했습니다. 지금 아기 물방울이 엄마 구름에게 올라가고 있다고, 조금 있으면 비가 되어 다시 내려온다고. 맑은 날에도 비가 보이는 아이에게는 세상이 온통 물음표와 느낌표로 가득 찬 것만 같습니다. 나도 그런 눈으로 세상을 보고 싶습니다.

| 김지연

"엄마, 비는 왜 와요?
하늘에서 새들이 울어서 그래.
새는 왜 우는데요?
물고기가 새보고 더럽다고 놀려서야.
왜 물고기가 새보고 더럽다고 해요?
물고기는 물속에서 계속 씻는데 새는 안 씻어서야."

책을 읽다 보면 '어, 이렇게 대답해도 될까' 하는 생각이 듭니다.
그런데 책을 읽는 아이도,
엄마의 대답이 진짜는 아니라는 건 이미 알고 있답니다.
빙그레 웃으며 책을 읽을 수 있는 건
엄마가 아이를 대하는 포근한 모습 때문일지도 모릅니다.

아이의 질문에 대해 어떤 대답을 하는가 보다
어떻게 대답하는가가 더 중요하다는 글을 읽은 기억이 납니다.
질문에 정확한 답을 주는 것 이상으로,
아이의 질문을 얼마나 중요하게 생각하는지
아이가 느낄 수 있게 해 주어야 한다는 거예요.

아이가 네 살 때 과학관에서 신나게 놀고 집으로 돌아왔는데,
아이는 과학관에서 봤던 커다란 공룡들이 또 보고 싶다며
저녁이 되었는데도 또 가자고 떼를 쓴 적이 있었어요.
그런데 아빠가 아이를 태우고 30분이나 자동차를 달려서
과학관 앞에 다녀왔어요.

"자, 정말 아빠 말대로 문이 닫혀있지."
그제야 아이는 "공룡이 코 자!" 하면서 아빠의 말을 들었지요.
그런데 아이가 잠을 자지 않고 움직이는 공룡을 본 것 같다며
아빠에게 공룡이 자기 집으로 따라오는 이야기를 해 달라고 했어요.
꼬리에 꼬리를 무는 공룡 이야기.
"이제 그만해" 하고 꼬리를 잘랐다면 들을 수 없었던 아이의 질문과
아빠의 대답들이 다시 떠오르게 하는 책이었어요.

궁금하다는 건 아이가 자라고 있다는 뜻입니다.
꼬리에 꼬리를 무는 아이의 질문이 난감하지만 반가운 이유입니다.
이 책을 읽으며 아이와 누가 더 질문을 많이 하나 놀이를 해 보세요.

왜냐면…

책읽는곰
안녕달 글/그림

"재미있어요"

□■□□□□□ excited

 오늘도 재밌는 하루야!

물을 좋아하는 아이인데 목욕을 하자고 하면 싫어합니다.

왜 그럴까 고개를 갸웃거렸는데 알고 보니 머리를 감을 때 비누가 눈에 들어가서 따가운 게 싫었던 거였습니다. 이유를 알았지만 아이의 '무조건 목욕 거부'는 사라지지 않았습니다. 샤워 모자 쓰기, 누워서 감기, 두 눈을 꼭 감고 있기 등등 나름의 많은 해결책들이 아이에겐 별로 도움이 된다고 느껴지지 않았나 봅니다. 발버둥치는 아이를 씻기고 나오면 온몸이 물에 젖어있기 일쑤였습니다.

그러다 아이가 아빠와 동네 목욕탕에 다니기 시작했습니다. 워터파크, 수영장보다도 더 신나는 얼굴로 아빠와 목욕탕에 가곤 합니다. 엄마의 잔소리에도 아빠와 함께 냉탕에 몇 번씩 들어가기도 하고, 목욕이 끝난 후에는 아빠가 사준 우유를 손에 들고 뽀얘진 얼굴로 나오기도 했습니다.

"아빠랑 목욕하는 게 재밌나 보다!"

엄마의 말에 아이는 기쁜 듯이 "응!" 하고 대답합니다. 재미있는 일을 찾아주는 게 뭔가를 해야 한다는 잔소리보다 훨씬 효과가 좋다는 걸 새삼 깨닫습니다. 아빠에게 아이를 맡기고 엄마도 모처럼 콧노래를 부르며 홀가분하게 목욕을 할 수 있는 동네 목욕탕 나들이가 엄마는 참 마음에 듭니다.

| 김지연

아이가 "엄마, 목욕탕 냄새가 나요!" 하면서 읽었던 책이에요.
세 사람이 마을 전체에 물이 끊긴 줄 모르고 목욕탕에 간 장면에서
아이의 말처럼 신기하게 목욕탕 냄새가 나요.
과일 향기가 나는 책처럼 특수한 종이를 쓴 게 아니라
아이가 상상력을 발휘해서 맡는 목욕탕 냄새지요.

풍덩!
사이다 목욕은 정말 시원했습니다.
입안에서 사이다가 톡톡 튀는 것처럼
온몸이 짜릿짜릿했습니다.

물이 나오지 않자,
얼음처럼 차가운 사이다를 욕조에 콸콸 붓고
시원하고 신기하고 맛있는 사이다 목욕을 즐기는 세 사람.

아이는 톡 쏘는 사이다의 맛을 떠올리고,
사이다 거품이 보글보글 올라오는 장면을 상상하며 글을 읽어갑니다.
사이다가 묻으면 끈적끈적해서 손을 씻고 싶었던 기억은
앞으로 이 세 사람에게 닥칠 시련을 미리 예측하기도 하지요.

어렸을 때 가족이 다 함께 목욕탕 나들이를 가던 추억 때문인지
동네 목욕탕은 왠지 정겨운 느낌이 들어요.
그 추억을 아이에게도 물려주고 싶어서
한 달에 한 번은 아이 손을 잡고 동네 목욕탕에 가곤 하지요.
목욕을 마치고 목이 마를 때 빨대를 꽂아 마시던 우유의 맛처럼
오감으로 읽을 수 있는 책, 『달콤한 목욕』을 아이와 함께 읽어보세요.
그리고 아이가 하고 싶은 목욕은 어떤 목욕인지도
함께 이야기를 나누어 보고요.
우리 아이는 이 책을 읽더니 올챙이와 목욕하고 싶다고 했답니다.

달콤한 목욕

바람의아이들
김신화, 김영애, 김현군
박경덕, 박순열, 양준혁 글/그림

둘. 아이와 부모의 불편한 감정

[슬픔]

"슬퍼요"

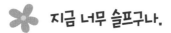 sad

🌸 지금 너무 슬프구나.

아이가 풍선에 묶인 줄을 두 손으로 꼭 잡고 횡단보도에 서 있었는데 그만 줄을 놓치고 말았습니다. 바람이 너무 거세어서 풍선은 하늘 위로 높이 날아오르더니 아이가 서 있는 곳에서 빠르게 멀어져 갔습니다. 횡단보도에 빨간 불이 켜져 있어서 발을 동동 구르는 아이를 꼭 안고 서서 파란불이 켜지길 기다렸습니다. 하지만 풍선은 이미 가로수 나뭇가지에 걸려 터지고 말았습니다.

"내 풍선! 내 풍선!"

눈앞에서 풍선이 터지는 것을 본 아이가 얼마나 큰 소리로 울었는지 모릅니다. **"엄마가 다시 사 줄게"**로 시작해서 **"원래 그래. 풍선은 언젠간 터지는 거야"** 등 어떤 말을 해도 아이는 울음을 그치지 않습니다. 길거리에서 엉엉 우는 아이를 집까지 데리고 오며 '그냥 풍선이 터진 것뿐인데'라고 말하고 싶던 게 제 솔직한 심정이었지요. 아이를 기다려줘야 했는데 아이의 이야기를 몇 번이고 들어줄 여유가 왜 그때는 없었을까요?

그냥 반복하는 아이의 이야기를 듣기만 해도 됐었는데 나는 왜 계속 아이의 울음을 그치게 하려고만 했을까요? 부끄럽게 그날 일을 돌아봅니다. 아이의 슬픔을 위로하는 데 서툴렀던 나의 모습을요. 이제는 알 것 같아요. 아이가 슬퍼서 엉엉 울 때는 그냥 같이 슬퍼만 해줘도 좋다는 걸요.

| 김지연

100개의 눈사람

리틀씨앤톡
앙드레 풀랭 글/친 렁 그림

"선생님은 언제 학교에 나오실까요?"
클레망틴이 물었습니다.
"나도 잘 모르겠다. 선생님이 밖에 나가려고 하지를 않아."
"왜요?"
"떠난 아기 생각에 빠져 있단다. 지금 너무 슬퍼하고 있어."

아이들과 눈사람을 만들며 즐거워하던 포포 선생님
하지만 갑자기 배 속의 아기를 잃어버리게 되자
선생님은 학교에 나오시지 못합니다.
선생님 집 창문엔 계속 커튼이 처져 있지요.

어떻게 슬픔에 빠진 선생님을 위로할 수 있을까요?
사랑하는 제자들이 찾아와 노래를 불러도
여전히 열리지 않는 선생님 집의 현관문을 쳐다보며
아이들은 묵묵히 눈덩이를 굴리고 멋진 눈사람을 만들어 갑니다.

"우리가 선생님을 위해서 눈사람을 100개 만들자."

현관문을 힘껏 열어젖히고
"이제 그만 슬퍼하세요"라고 말하며
집 밖으로 억지로 끌어내는 대신에
선생님의 집 주변을 예쁜 눈사람들로 가득 채워가는 아이들.

슬플 때는 그 슬픔이 사라질 때까지
"내가 옆에 있을게요." 하고 말하는 것만 같아요.

아이의 슬픔을 위로해 주는 방법을 배우고 싶을 때,
또 눈사람을 만드는 100가지 방법이 궁금할 때
이 책을 한번 읽어보세요.

"쓸쓸해요"

 lonely

🌼 친구들이 없어서 너무 쓸쓸하구나!

"저 아이를 노려봐."

아이들은 그 친구가 지시한 대로 한 아이를 노려보았습니다. 내 아이는 좋지 못한 행동인 것 같아서 노려보지 않았습니다. 그러자 이제는 아이들이 내 아이를 노려보았다고 합니다.

1년 동안 여러 번 이런 일들이 있었습니다. 모든 친구에게 물건을 나누어주면서 내 아이만 혼자로 만들었고 아이의 꾹 참았던 눈물이 터졌습니다. 그런데 그동안 잠자코 있었던 친구들이 "괜찮아, 너도 저 아이한테 똑같이 해 주면 돼"라고 말했습니다. 우리는 서로 미워해야 하는 사이일까요? 그렇지만 내 아이는 똑같이 하지 않았습니다. 오히려 다퉜던 친구와 화해를 하고 다시 친구가 되었습니다.

아이는 반장 선거에 나가서 '혼자되는 친구가 아프지 않도록 하겠습니다'라는 공약을 걸었습니다. 방학을 하루 앞둔 날 한 아이에게 편지를 받았습니다.

"나는 지금 혼자인 것 같아. 그런데 너라면 나를 도와줄 수 있을 것 같아."

누구나 서로에게 친구가 되어줄 수 있습니다. 좋은 친구를 만났으면 좋겠다는 소원이 있습니다. 동시에 내 아이가 누군가에게 좋은 친구가 되어줄 수 있었으면 좋겠습니다.

그동안 친구를 따돌리던 그 친구가 내 아이에게 말해주었습니다.

"사실은 내가 혼자가 될까 봐, 그렇게 되기 싫어서 내가 먼저 누군가를 혼자되게 만든 거야."

| 이요셉

알사탕

책읽는곰
백희나 글/그림

책을 읽다 보면 궁금한 점이 한두 가지가 아닙니다.
아이는 왜 항상 혼자 놀까?
엄마는 왜 책 속에 나오지 않을까?
아빠는 왜 이렇게 잔소리가 많을까?
아이는 왜 돌아가신 할머니를 그토록 반가워했을까?

작가는 구구절절 말하지 않지만
책을 읽어가며 아이의 쓸쓸한 마음이 전해집니다.
혼자 노는 게 좋다고 말하지만

외로우면서도 어찌할 줄 몰라서
마음을 꽁꽁 닫고 있는 모습이 느껴지지요.

그런데 아이에게 마음의 소리를 들을 수 있는
신기한 알사탕이 생깁니다.
"안녕, 안녕, 안녕, 안녕….."
햇살에 눈부시게 빛나며 온몸을 흔들어
아이에게 인사를 건네는 나무를 좀 보세요.
어쩌면 우리가 들을 수 없었지만
이 세상은 끊임없이 우리에게 이야기를 건네고 있는 게 아닐까요?

친구가 없으면 아이들은 무척 쓸쓸해해요.
맛있는 음식을 먹고, 좋은 옷을 입고,
아주 멋진 장난감을 사주어도
아이의 마음엔 여전히 채워지지 않는 빈자리가 있을 거예요.

알사탕을 물고 이 책을 읽어보세요.
이 책이 아이에게
"너는 이 세상과 연결되어 있고, 더 이상 혼자가 아니란다."
"쓸쓸해하지 마." 하고 건네는 인사를
들을 수 있을지도 몰라요.

"보고싶어요"

□□■□□□□   longing for

✿ 엄마도 보고 싶었어.

다섯 살 아이들과 유치원에서 수업할 때 한 아이가 갑자기 "엄마가 미워요"라고 말한 적이 있었어요. 깜짝 놀라 아이와 대화를 나누어 보니 그 아이의 마음은 엄마랑 같이 있고 싶고, 엄마가 좋은데 지금 떨어져 있어서 그리운 마음을 그렇게 표현한 거였지요.

"그럴 때는 '엄마가 보고 싶다'고 하는 거야." 이렇게 알려주고는 엄마를 보고 싶어 하는 아이가 나오는 그림책을 읽어 주었어요. 그랬더니 아이들이 "유치원에서 엄마 냄새가 나요" 하는 거예요. 그 말이 너무 예뻐서 아이들을 꼬옥 안아주었어요. 진짜 엄마는 아니지만, 엄마의 마음으로요. 마찬가지로 우리 아이도 처음 유치원에 등원할 때는 무조건 유치원에 가기 싫다고만 했어요. 그런데 찬찬히 그 마음을 살펴보니 "싫어"라는 말 속에는 엄마가 보고 싶은 마음이 들어있었어요.

"엄마, 유치원에 가서 선생님도 만나고 친구들도 만나는 것은 너무 좋아. 그런데 엄마랑 헤어지면서 바로 엄마가 보고 싶은 거야. 그래서 좀 슬퍼" 이제는 이렇게 자기의 마음을 잘 설명할 수 있는 나이가 되었지만 다섯 살 때는 그 표현이 얼마나 힘들었을까요. 참으로 바쁘게 하루를 보내고, "언제 이렇게 하원 시간이 되었지?" 하면서 허둥지둥 아이를 데리러 달려갈 때마다, 조르르 달려와 저를 꼬옥 안고 하는 아이의 말에 마음이 뭉클해집니다.

"이제 겨우 엄마 품으로 왔네."

"그랬구나! 엄마가 보고 싶었구나. 엄마도 정말 보고 싶었어!"

아이를 품에 안고 말해주며 저도 눈물이 핑 도는 그런 하루였습니다.

| 김지연

엄마 마중

보림
이태준 글/김동성 그림

엄마를 기다리는 코끝이 새빨간 아기의 모습에
마음이 뭉클뭉클해지는 건,
나도 엄마여서일 겁니다.
내 아이가 아닌 걸 알면서도
아기가 엄마가 오나 안 오나 쳐다보며 서 있으면
달려가서 안아주고 싶고,
엄마 곧 오실 거야 하면서 말을 건네고 싶어진답니다.

아기는 왜 밖에서 엄마를 기다리는지
엄마는 아기를 남겨두고 어디에 가신 건지
많은 부분이 그림의 여백처럼 비워져 있습니다.
그래서 더 안타까운 마음으로 읽게 되지요.
혹시라도 엄마가 안 올까봐 걱정이 되어서요.

**아가는 바람이 불어도 꼼짝 안 하고,
전차가 와도 다시는 묻지도 않고,
코만 새빨개서 가만히 서 있습니다.**

엄마가 나를 사랑해 줄 거라고 한 치의 의심도 없이
나를 굳게 믿고 태어난 아기.
마치 엄마가 세상의 전부인 것처럼 엄마를 좋아해주고
환하게 웃어주던 내 아기.

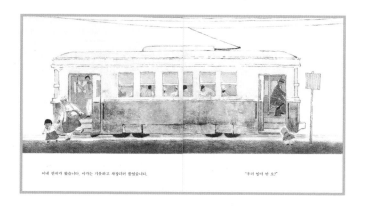

이내 전차가 왔습니다. 아가는 가슴하고 차창더러 물었습니다.   "우리 엄마 안 오."

엄마가 보고 싶어서
하루 종일 내 뒤만 졸졸 따라다니던 내 아이가 떠올라서
좋은 엄마가 되고 싶어지게 하는 책이에요.
그리고 마지막 페이지에서 아기가 엄마를 만났는지 못 만났는지
꼭 확인해 보세요.

"힘들어요"

 exhausted

엄마, 힘들어?
힘든데, 안 힘들어.

그렇게 먼 거리도 아닌데 아이와 외출했다가 돌아오는 길에 아이가 힘들다며 주저앉을 때가 종종, 아니 자주 있었습니다. 엄마 생각에는 유모차도 졸업하고 이제는 씩씩하게 걸어 다닐 때인데 마음처럼 되지 않네요. 한번은 멀쩡히 밥을 잘 먹던 아이가 밥을 누워서 먹겠다고 떼를 쓴 적이 있었어요. 저는 내심 버릇을 잘 들이려고 똑바로 앉아서 먹으라며 혼을 냈지요. 그런데 아이는 "엄마, 알겠어요. 똑바로 앉을게요!" 하는 게 아니라 눈물을 뚝뚝 흘리며 "나 다시 아기가 되고 싶단 말이야"라며 엉엉 울었어요. '아이가 자란다는 것이 2+2=4와 같은 수학 문제처럼 답이 정해진 것도 아니고, 계속 앞으로 나아가기만 하는 것도 아니구나. 나도 그랬듯이 아쉬워하고 기뻐하고 두려워하면서 용기를 내는 아주 복잡한 과정일지도 몰라' 하고 생각해 봅니다.

그래서 오늘 하루는 아기처럼 우유병에 우유를 담아서 주고 상자에 넣어두었던 딸랑이 곰 인형도 꺼내 주며 아기 대접을 해 주었답니다. 금방 마음이 풀려 행복해하던 아이의 얼굴. 그리고 다음 날엔 다시 밥을 먹는 아이로 돌아와 주었지요. 멀쩡히 잘 걷던 아이가 "엄마, 아기였을 때처럼 안고 걸어줘" 하면서 주저앉아 팔을 벌리면 모른 척 조금은 업고 걸어줍니다. 엄마에게 조금 미안했는지 아이가 "엄마 힘들어?" 하고 물으면 "응, 힘든데 안 힘들어" 하고 알쏭달쏭한 대답을 해 주곤 합니다. 그리고 엄마의 따스한 품에 마음이 채워진 아이는 감사하게도 조금 후에 다시 힘을 내서 걸어줍니다. 그렇게 우리가 집으로 돌아오는 길은 늘 업었다, 내렸다 하며 달팽이 걸음이 되지요.

| 김지연

파내기 대장 푹푹!

키즈엠
세바스티앙 브라운 글·그림

차를 타고 가다가 레미콘 차를 마주치면 꼭 손을 흔들어야 하고,
타워크레인을 보면 신나서 고개를 돌리지 못하는 아이는
중장비차가 총출동하는 이 책을 너무 좋아해요.

부수기 대장 철구 크레인 쿵쿵이, 누르기 대장 로드 롤러 동글이,
밀기 대장 불도저 튼튼이, 뽑기 대장 기중기 쏙쏙이가
돌멩이를 뽑으려고 안간힘을 쓰는 장면에서는
자기도 주먹을 불끈 쥐고 읽는답니다.
하지만 엄마는…

깊이 박힌 돌멩이 하나와 끝까지 씨름하는 푹푹이에게서
'왠지 내 모습 같은 걸' 하며 동병상련을 느끼지요.

"푹푹아, 네가 다시 한 번 해 봐!"
넌 파내기 대장이잖아. 할 수 있어!" 통통이가 다정하게 말했어요.
용기를 얻은 푹푹이는 다시 흙을 파기 시작했어요.

모두가 지쳐서 주저앉을 때,
한 번 더 일어서는 힘은 어디서 나오는 걸까요?
작고 작은 꼬마 굴착기 푹푹이가 모두가 포기한 돌멩이를
치우기 위해 다시 흙을 파기 시작합니다.
사랑은 "이제 더 못 하겠어" 할 때에 한 발짝 더 걷기를 요구합니다.

힘들지만 한 걸음 더 걷는 용기.
아이를 통해 조금씩 배우고 있는 사랑이지요.
힘들 때 포기하지 않는 마음을 아이에게 가르쳐 주고 싶을 때
이 책을 함께 읽어보세요.

"미안해요"

□□■□□□□   sorry

 늦게 와서 미안해.

　아이가 잠든 후에야 집에 들어갈 때가 있습니다. 빨리 서둘렀는데도 결국 아이의 깨어 있는 얼굴을 보지 못하고 집에 늦게 도착할 때가 있습니다. 그럴 때는 잠든 아이의 얼굴을 쓰다듬으며 **"늦게 와서 미안해"** 하고 말하게 됩니다.

　반대로 아침에 일찍 나가야 할 때도 있습니다. 아이에게 팔베개를 해주고 있으면 곧 팔이 저립니다. 그래도 새근거리는 녀석의 숨소리 때문에 팔을 빼지도 못하고 그대로 있을 때가 많죠. 하지만 오늘 새벽에는 나가봐야 할 일도 있고 도저히 버티기도 힘들어 살짝 팔을 뺐습니다. 주먹을 쥐었다 폈다 하며 아이의 자는 얼굴을 보니 새삼 더 자랑스럽습니다. 나갈 준비를 마치고 슬며시 방문을 열었더니 이번에는 아내의 팔을 베고 자고 있습니다. 밖은 차가운 공기로 가득한데, 가족들이 자고 있는 풍경은 너무나 따스합니다. 다시 아이들이 쌔근거리는 이불 속으로 기어들어 가고 싶은 걸 몇 번이나 머리를 흔들어 간신히 참았습니다.

　사람들은 결혼의 기쁨, 가족이 주는 행복에 금세 익숙해진다고 합니다. 처음엔 그토록 좋다가도, 막상 일상이 되면 그냥 원래 그곳에 있던 것처럼 당연하게 느껴지는 거겠죠. 하지만 전 아직도 이 모든 것이 꿈만 같습니다. 내가 언제 결혼을 해서, 아이들을 낳고, 이런 말도 안 되는 행복을 누리고 있는지 10년이 지났는데도 참 익숙해지지 않습니다. 그리고 언제까지나 익숙해지고 싶지 않습니다.

| 이요셉

아빠 빨강

키즈엠
정나은 글·그림

이른 아침 아빠를 깨우는 자명종도 빨강
아빠를 회사에 데려가는 버스도 빨강
추위에 얼얼해진 아빠의 코와 뺨도 빨강입니다.

빨간 날인데도 출근을 하는 아빠
아빠가 보고 싶은 아이는 하루 종일 아빠를 기다립니다.
그리고 빨강을 좋아하는 아빠에게
빨강 선물을 준비하지요.
빨강 딸기 케이크와 빨강 크레파스로 쓴 편지예요.
이제 아빠만 오면 되는데….

아빠가 왔어요.
그런데 우리 아빠,
빨강 눈에 빨강 얼굴,
빨강 옷까지…
온통 빨강이에요.

그림 속 아빠의 빨간 눈이 이해가 되고, 공감이 되는 건
"엄마, 언제 와!" 하면서 기다리는 아이를 보기 위해
늦은 밤 서둘러 집으로 가는 마음을 저도 역시 느껴봤기 때문이에요.
'아이가 기다릴 텐데… 아이가 기다릴 텐데….'
초조한 내 마음과는 달리 천천히 가는 것만 같은 버스 안에서
발을 동동 굴렀던 기억.
결국 잠이 든 아이의 얼굴을 쓰다듬으며
"늦게 와서 미안해." 속삭이는 제 눈도 영락없이 빨간 눈이었어요.

추운 세상에 나를 반겨줄 따뜻한 가족이 있어서,
떨어져 있는 시간에 나를 생각하며
'엄마 아빠 사랑해요' 편지를 써주는 아이가 있어서,
모든 엄마, 아빠는 또다시 힘을 내 출근을 하는지도 모릅니다.
아이와 퇴근하는 아빠를 마중하러 가기 전 이 책을 함께 읽어보세요.

"아파요"

 □□■□□□   sick

❀ 네가 아프면 엄마가 더 아파.

아이가 열이 나고, 갑자기 힘없이 축 늘어지면 엄마는 가슴이 철렁합니다. 한번은 독감에 걸려서 타미플루를 먹어야 했던 적도 있었는데 약이 독해 아이가 몇 번이고 구토를 했습니다. 이불에도 토하고 식탁 위에도 토하고 돌아서면 토했지요. 토한 것을 치우고 이불 빨래를 하며 아이를 씻기느라 정신이 하나도 없는 제 모습을 보면서 힘없는 아이가 한마디를 던졌습니다.

"엄마, 정말 힘들겠어요. 토한 것까지 치우느라고."

딴에는 자꾸만 토하는 것이 미안했었나 봅니다. 하지만 제 마음은 그렇지 않았어요. "아니, 엄마는 그런 마음이 아니야. 네가 아프면 엄마는 더 아파." 아이는 그제야 안심하는 얼굴로 잠이 듭니다. 병간호가 힘들지 않은 것은 아니지요. 수시로 열이 오르는 아이에게 해열제를 먹이느라 뜬눈으로 밤을 새우고, 짜증이 늘어난 아이를 달래서 밥도 먹여야 하니까요. 그래서 아이가 다 낫고 나면 내가 병치레를 하는 일이 종종 있었지요. 하지만 참으로 신기해요, 사랑이라는 것이요. 그런 것보다 엄마의 마음이 더 힘든 것은 아이가 아픈 모습을 보는 거니까요. 짐작할 수 없는 그런 부모의 사랑, 헤아리기 어려운 그 사랑을 아이가 아플 때 다시금 되새겨봅니다. 아픈 아이의 잠든 얼굴을 보면서 아이가 내 곁에 있다는 것, 너무나 익숙해서 당연한 듯이 누리고 있었던 일상의 행복을 다시금 마땅한 감사로 고백하는 시간이 됩니다.

그리고 머리가 나쁜 이 엄마는 이 고백을 잊고서 살다가 아이가 아프면 또 후회할지도 모릅니다. 제발 이번엔 잊지 않았으면 좋겠습니다.

| 김지연

앗! 따끔!

시공주니어
국지승 글·그림

엉덩이만 봐도 웃음을 터트리는 아이는
이 책의 표지를 보고서 정말 즐거워합니다.
'앗, 따끔!'이라는 책 제목을 읽고 나서는 엉덩이에 있는
작고 빨간 점이 주사자국일 거라며 예측을 하기도 하지요.

예방 주사를 맞기 전에 눈을 질끈 감고,
독감 검사를 피해 요리조리 도망치던
병원에서의 경험들이
이 책을 읽으면서 새록새록 떠오릅니다.

사자는 병원에 안 가요.
사자가 얼마나 힘이 센데요!

병원에 가기 싫어서
사자로 돼지로 거북으로 자꾸만 변하는 준혁이가
꼭 내 모습 같은 아이입니다.

사실 엄마도 아이의 몸에서 열이 펄펄 날 때는
걱정도 되고 겁도 덜컥 납니다.
그런데 병치레를 하고 나면
그새 한 뼘 자라난 아이를 보게 되지요.

앗! 따끔!
'어, 별로 아프지 않네?'
"난 씩씩한 오준혁이에요!"

주사를 잘 맞고 건강해진 준혁이처럼,
아이가 아플 때
엄마도 아이도
"별것 아니야."
"아파도 잘 이겨낼 거야."
하면서 용기를 낼 수 있도록
이 책을 함께 읽어보세요.

"후회해요"

□□■□□□　regret

 이렇게까지 될 줄 몰랐는데…
후회 된다, 그치?"

아이가 모처럼 조용하다 싶은 오후 엄마는 잠깐 한숨을 돌리고 차 한 잔 만들어 식탁 의자에 앉습니다. 컴퓨터가 놓여 있고 푹신한 의자가 있는 서재 방이 있지만, 아이가 생긴 후로는 식탁이 어쩐지 서재처럼 친숙합니다. 식탁에서 메모 글을 쓰기도 하고, 무엇인가를 정리하고, 몸과 마음에 쉼표를 찍는 차 한잔을 하기도 하면서 어느새 식탁은 엄마에게 어느 곳보다 아늑한 서재가 되지요.

그런데 아이가 심하게 조용하다 싶어 방문을 열어보니 잠깐 사이에 아이는 매직으로 자기 몸에 낙서를 하고 있었습니다. 차라리 벽지나 마룻바닥이었으면 좋았을 텐데, 팔과 다리에 잔뜩 그어진 매직은 비누칠로도 지워지지 않았습니다. 아이도 이렇게 될 줄 몰랐다는 듯이 머리를 긁적입니다. 그런데 소식을 들은 아빠가 전화기 너머 밝은 목소리로 아이를 안심시켰습니다. **"괜찮아, 아빠가 지워줄게. 걱정하지 말고 기다려!"**

자신 있는 아빠의 목소리에 엄마도 '무슨 방법이 있나 보다' 하며 안심하고 남편이 오기만을 기다렸습니다. 남편은 낙서투성이가 된 아이를 보더니 말없이 욕실로 들어가 따뜻한 물을 받고는 두 손으로 아이의 발을 정성껏 씻겨줍니다. **"이건 시간이 지워줄 수밖에 없어. 시간이 지나면서 깨끗이 지워질 거야. 그래도 아빠가 걱정했던 마음, 후회하는 마음은 이렇게 물로 깨끗이 씻어줄게."**

씻고 나온 아이의 몸에는 여전히 매직 자국이 있습니다. 그런데 아이는 한결 가벼운 표정입니다. 아빠의 반응이 너무도 평온했기 때문일까요? 남편의 말대로 시간이 지나면서 낙서는 사라졌습니다. 그리고 그 일을 통해 아이와 아빠와의 러브 스토리가 마음에 새겨졌습니다.

| 김지연

울퉁이와 콕콕이

섬집아기
존 밀러 글
줄리아노 쿠코 그림

악어 울퉁이와 악어새 콕콕이는 단짝 친구예요.
둘은 언제나 함께 물고기를 같이 잡지요.
눈이 좋은 콕콕이가 물고기를 찾으면,
"다이빙!" 하고 외치는 거예요.
그럼 울퉁이가 물고기를 멋지게 사냥하고
둘은 사이좋게 물고기를 나누어 먹는답니다.

그런데 콕콕이에게는 고약한 버릇이 있었어요.
바로 친구들을 골탕 먹이는 심한 장난을 치는 거예요.

울퉁이의 악어 친구들은 콕콕이에게 된통 당할 때마다
그 못된 악어새를 당장 잡아먹으라고 이야기하지요.

하지만 콕콕이는 자신의 행동을 바꾸지 않습니다.
그리고 결국…
자신의 잘못으로 울퉁이가 위험해지자,
콕콕이는 자신이 잡아먹혀도 좋으니까 제발 울퉁이를 구해달라며
하마와 악어 무리들에게 사정을 하게 되지요.

과연 콕콕이는 어떻게 될까요?
우리가 보기에도 너무 심한 잘못을 저지른 콕콕이를
울퉁이가 용서해 줄지, 잡아먹어 버릴지 가슴을 졸이며 읽었어요.

자신이 한 행동에는 책임이 따르고, 후회하지 않기 위해서는
바른 선택을 하는 지혜가 필요하다는 것을
울퉁이와 콕콕이의 이야기를 통해서
알게 되어요.

과연 울퉁이는 어떤 선택을 했는지 책을 읽으며 확인해 보세요.
더불어 아이가 울퉁이라면
어떤 것이 후회 없는 현명한 선택일지
이야기를 나누어 보세요.

"실망해요"

 disappointed

지금 당장 살 수 없다고 해서 실망했구나!

아이와 마트에 가는 건 우리 부부에게 어려운 숙제 같은 일이었습니다. 카트 안에 개구쟁이 아이를 태우고 다른 사람에게 폐가 되지 않도록 조심시키며 물건을 정신없이 집어넣는 일이요. 한번은 잠깐 물건을 살펴보는 사이, 아이가 잔뜩 쌓아놓은 과자더미에 손을 뻗었는데 그 과자더미가 우르르 무너진 일도 있었지요. 바닥에 떨어진 과자를 원래대로 쌓아올리면서 얼굴이 빨개졌답니다. 지금 생각하면 '꼭 온 가족이 마트에 같이 가지 않아도 되는데 왜 우리는 항상 함께 다녔을까?'라는 생각도 해봅니다. 아마 '평일에는 아빠랑 많은 시간을 함께 보낼 수 없으니까 주말에는 가족끼리 꼭 같이 있어야 해!' 이런 생각을 하고 있어서였나 봅니다.

마트에 가면 장난감 코너를 피해갈 수 없습니다. 마음에 드는 장난감을 품에 안고 내려놓지 않는 상황도 종종 벌어지지요. 지금 당장 장난감을 살 수 없다고 하면 아이가 얼마나 서운한 얼굴을 하는지 모릅니다. 눈물을 뚝뚝 흘리면서 나중에 받는 건 싫다며 실망하는 아이.

아이가 실망하는 모습을 보는 건 꽤 어려운 일입니다. 하지만 이럴 때는 아이에게 고개를 저어 아니라고 말해야 합니다. 장보기가 더욱 어려워지는 순간이지요. 하지만 그런 순간에도 배우는 것들이 또 있겠지요. 가족이 함께여서 닥쳐오는 작은 위기들을 겪어내며 아이도 엄마, 아빠도 분명 배우는 것이 있을 겁니다. 앞으로 아이가 살아가며 수없이 만나게 될 실망의 시간들이 지금의 예방 주사로 잘 견뎌낼 수 있었으면 좋겠습니다.

| 김지연

할머니 엄마

웅진주니어
이지은 글·그림

"엄마, 가지 마!"
오늘도 지은이 달래느라 할머니는 진땀이 뻘뻘 나요.
"아이고, 지은이 눈물에 엄마는 배 타고 회사 가겠네."

살짝 열린 방문, 지은이가 할머니 품에서 버둥대는 장면에서
아이는 폭풍같이 이야기를 쏟아냅니다.

"아마 지은이 엄마가 지은이에게
'엄마 갔다 올게' 인사도 못 하고
일찍 나갔나 봐 엄마.
그런데 뒤늦게 지은이는 엄마가 없으니까
'엄마, 잘 다녀와' 인사도 못하고 엄마도 못 봤으니까
너무 슬프고 속상한 거야. 그래서 우는 거야."

그런 아이를 보며 순간 목이 멥니다.
지은이 마음을 이리 읽어 내다니,
내 아이도 엄마가 없어서 실망한 적이 있었겠구나.

제목을 보며 '왜 할머니가 엄마일까?' 궁금했는데
엄마가 함께할 수 없어서
허전하고 실망스러운 순간들을
할머니 엄마는 참으로 따스하고 지혜롭게 헤쳐 나가지요.

도무지 울음이 그칠 것 같지 않은 지은이와 함께
조물조물 칼국수를 만들면 지은이가 웃음을 되찾는다는 것도,
엄마 대신 나간 달리기 시합에서
꽈당! 넘어져 버린 할머니 때문에 크게 실망했을 때에는
시장의 고로케를 먹으면 지은이가 마음이 풀린다는 것도
할머니 엄마는 다 알고 있답니다.

생각해 보면,
일하는 엄마 때문에 한동안 '할아버지 엄마'와 지낸 우리 아이였어요.
하지만 그때 받은 할아버지 사랑을 아이는 평생 기억하겠지요.
할머니 엄마, 할아버지 엄마.
우스꽝스러운 말 속에 담긴 따스한 사랑을 이 책을 읽으며 느껴보세요.

"포기해요"

 give up

🌸 포기하지 마! 다시 도전하면 돼!

아이와 길을 걷는 건 모험의 연속입니다. 그냥 걸어도 될 길을 아이는 연신 저에게 주문을 해댑니다.

"엄마, 노란 블록만 밟고 가는 거야!"

"엄마, 이번엔 하얀색 줄만 밟고 가야 해!"

엄마는 그냥 평범하게 걷고 싶은데 아이는 길을 걸을 때도 언제나 발랄한 발걸음입니다. 한번은 아이가 기찻길을 걷고 싶다고 노래를 한 적이 있었는데 우연히 놀러간 군산에서 옛 기찻길을 발견하고 몹시 기뻐했던 적이 있었습니다.

"엄마, 아빠! 떨어지지 않고 끝까지 가는 거예요."

아이는 두 팔을 벌린 채 기찻길 맨 앞에 서서 걸어가고 엄마랑 아빠는 아이 뒤를 따라갔어요. 그런데 얼마 지나지 않아 균형을 잡지 못하고 발이 철로에서 떨어졌어요. "어쩌지? 엄마는 이미 탈락이네."

엄마는 한편으로는 '다행이다' 하면서 팔을 내리고 철로에서 냉큼 내려왔어요. 그런데 아이가 "엄마, 이건 천국 같은 거라 탈락 그런 거 없어" 하는 거예요. "그게 무슨 소리야? 천국 같은 거라니?" 하고 되물었더니 아이는 "엄마, 이 세상에서는 달리기 시합을 하다가 넘어지면 다시 달릴 수 없잖아! 그런데 천국에서는 달라. 넘어져도 다시 일어나 달리면 돼" 하고 차분히 설명해줍니다. 그 말이 너무 예뻐서 엄마는 "어머, 그러니? 정말 그러니?" 하면서 다시 두 팔을 벌리고 철로 위에 올라섭니다.

팔은 몹시 아팠지만 그날 아이의 마음에 포기하지 않고 다시 일어설 수 있는 마음의 힘이 심어져 있는 것이 참 기뻤습니다.

| 김지연

하지만 하지만 할머니

상상스쿨
사노 요코 글·그림

재미있었는지 아이가 몇 번이나 더 읽어달라고 한 그림책이었어요.
제목이 왜 '하지만 하지만 할머니'일까 궁금했는데
고양이가 할머니에게 고기 잡으러 가자고 할 때마다
할머니가, "하지만 나는 98살인 걸." 하고 대답해서
'하지만 하지만 할머니'입니다. 98살이 얼마나 많은 나이일까?
아이는 증조외할머니의 나이가 93살이라는 걸 떠올리더니
"그것보다 다섯살이 더 많네" 합니다.

"그렇구나, 할머니가 다섯 살이 되려면 엄청난 숫자를 빼야 하는구나."
그런데 한 해가 지나 99살 생일을 맞은 할머니가
젊어지는 샘물을 마신 것도 아닌데 갑자기 다섯살 난 아이처럼
씩씩해진답니다.

할머니는 94년 만에 냇물을 뛰어넘었지요.
무엇이 할머니를 다섯 살로 돌아가게 했을까요?
고양이가 양초를 잃어버려 케이크에 초를 다섯 개 꽂고
다섯 살인 것처럼 생일 파티를 한 다음부터랍니다.

"하지만 나는 다섯 살인 걸… 어머, 그렇지!
다섯 살이면, 고기 잡으러 가야지."

"하지만 이미 늦었어" 하고 포기하는 마음을
"하지만 아직 늦지 않았어" 하고 바꾸기만 해도
얼마나 많은 것들이 달라질까요?

할머니가 "어머, 그렇지"를 외치고 새로운 것에 도전하는 장면을
재미난 목소리로 읽어주세요. 아이가 정말 즐거워할 거예요.

[공포]

"걱정해요"

□□□■□□□ worried

 우리가 늦으면 선생님과
친구들이 걱정할 거야.

집에서 10분 거리에 있는 유치원 하굣길을 2시간 거리로 만들어 버리는 재주가 있는 아이는 유치원 등굣길에서도 한눈을 팔기 일쑤입니다. 날이 좋으면 날이 좋아서, 비가 오면 비가 와서, 도토리가 떨어져서, 낙엽 밟는 소리가 좋아서, 개미가 많아서, 집에 가져가고 싶은 나뭇가지를 발견해서… 한눈 팔 이유는 언제나 샘솟습니다.

"빨리 가자. 우리가 늦으면 선생님과 친구들이 걱정하실 거야."

엄마는 유치원 등교시간을 지키기 위해 조바심이 납니다. '더 일찍 집에서 나설 걸' 후회해도 아침 시간은 왜 이리 바쁘기만 한지요.

그러다 아이를 뒤에 태울 수 있는 자전거를 마련해 유치원에 타고 가기로 했습니다. "우아 엄청 빠르게 갈 수 있겠다!" 엄마는 신이 났는데, 아이는 뒤에서 지그재그로 가달라고 부탁합니다. "왜 지그재그로 가?" 하고 물어보니 아이는 "그럼 엄마랑 더 오래 있을 수 있잖아" 하고 대답합니다. 천천히 걷고 싶었던 아이의 마음속에 엄마에 대한 사랑이 숨어 있었다는 것을 알고 순간 마음이 따뜻해졌습니다. 비로소 아이가 기대고 있는 등이 따뜻하게 느껴지고 엄마는 웃으며 지그재그로 자전거를 타고 갑니다.

추운 날엔 "춥다, 호호" 입김을 불며, 더운 날엔 구슬땀을 흘리며 유치원 버스를 타지 않고 둘이서 함께 했던 등굣길이 정답습니다. 항상 빨리 가자며 재촉했던 엄마였지만 지나고 나니 이제는 그 길을 아이가 오래오래 기억하고 천천히 잊으면 좋겠습니다. 지그재그로 달렸던 엄마의 자전거도요.

| 김지연

엄마, 잠깐만!

한솔수북
앙트아네트 포티스 글·그림

한결같이 "빨리!"라는 말과 함께 앞장서 발걸음을 재촉하는 엄마와
"엄마, 잠깐만!"을 외치며 뒤돌아보는 아이.
읽는 내내 나는 책 속의 엄마의 마음이 이해가 됩니다.
시계를 보는 모습, 한사코 아이의 손을 잡아끄는 모습들이
유치원 등원할 때 아이와 걸어가는 내 모습과 꼭 같거든요.
반면 아이는 책 속의 아이 모습에 공감하며 읽습니다.

아이가 공원의 청둥오리 떼를 쉽게 지나치지 못할 거라는 것과
아이스크림 가게 앞에서 엄마에게 아이스크림을 사달라고
조를 것을 한발 앞서 미리 알아채는 것은
아이도 똑같은 마음이기 때문이지요.

가는 도중에 비까지 내리기 시작하는데
여전히 다른 곳을 바라보는 아이를 데리고 걷는 장면에서
갑자기 커져 버린 글씨는
엄마의 안타까운 마음을 대변해 주는 것만 같아요.

저 버스는 꼭 타야 할 텐데!
그런데 아이가 책을 읽다가 갑자기 손으로 한쪽 구석을 가리킵니다.
엄마의 눈에는 보이지 않았던 무지개를 아이가 먼저 찾아낸 거예요.

늦을까 봐 **걱정하는** 어른의 마음을 내려놓고
'그래, 우리 잠깐만' 하면서
아이의 마음에 귀 기울일 때 비로소 볼 수 있었던 아름다운 무지개.

나라면 '무지개를 보는 대신 버스를 탔을 거야' 하는 생각도 들지만
이 책을 읽으며 아이의 마음을 조금은 이해할 수 있었어요.
이 책을 아이와 함께 읽으며 잠깐만 하고 쉬어보세요.
무지개 같은 아름다운 순간들을 만나게 될지도 몰라요.

"두근거려요"

□□□■□□□   anxious

 숨바꼭질 할 때는 가슴이 두근거리지?

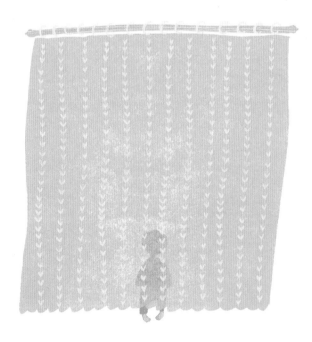

　숨바꼭질을 할 때 아이의 표정은 정말이지 너무 귀엽습니다. 아이가 3~4살 무렵에 가장 많이 했던 놀이가 숨바꼭질인데, 놀이터에서도 집에서도 늘 하는 놀이였지요. 커다란 엄마가 숨을 수 있는 곳은 기껏해야 문 뒤나 책상 아래입니다. 하지만 아이는 몸이 작아 옷장에도 들어가고 책장 옆 작은 틈에도 들어갈 수 있습니다. **"엄마, 다 숨었어!"** 하고 큰소리로 외쳐서 자기가 있는 위치를 들켜버리지만 엄마는 모르는 척 **"어디, 숨었지? 도저히 못 찾겠네"** 하면서 한참이나 다른 곳으로 돌아다니기만 합니다. **"에이. 여기도 없네"** 하면서 실망하기도 하고요. 그럴수록 아이의 얼굴에는 웃음이 번져갑니다. **"찾았다!"** 하면서 마침내 아이 앞에 서면 아이는 또 **"꺄르르, 꺄르르"** 숨이 넘어가듯 웃습니다. **"숨바꼭질할 때 가슴이 콩닥콩닥 두근거리지?"**

　"응, 엄마. 진짜 재미있었어. 한 번 또 해." 아이는 몇 번이고 같은 곳에 숨습니다. 엄마가 찾아주기를 기다리면서요. 마치 **"엄마는 잊지 않고 너를 찾아낼 거야"** 이 말을 듣고 싶은 듯이 숨어있는 아이를 보며 엄마는 **"찾았다. 우리 아기!"** 이 말을 수도 없이 반복합니다. 어떤 사람이 숨바꼭질을 하다가 친구들이 자기를 잊고 집에 가버리는 바람에 어두컴컴한 곳에 오래도록 있었는데 어른이 되어서도 그 기억이 힘들었다는 이야기를 들은 적이 있습니다. 엄마는 생각합니다. '너를 잊지 않고 네가 어딘가에 숨어있어도 꼭 너를 찾아낼 거야. 만약에 네가 캄캄한 곳에서 울고 있으면 너를 찾아내 품에 꼭 안아줄 거야.'

　그런 위로를 전하고 싶은 마음으로 엄마는 오늘도 아이와 숨바꼭질을 하는지도 모릅니다.

| 김지연

엄마 여우와 아기 여우의 숨바꼭질

사파리
아망디 모망소 글·그림

숨바꼭질 책은 아이들이 너무 좋아하는 책이에요.
물론 진짜로 하는 숨바꼭질이 가장 재미있지만,
놀이를 책으로도 할 수 있을 때 아이들은 즐거워하거든요.

엄마 여우와 아기 여우의 숨바꼭질은
정말로 숨바꼭질 하는 느낌을 주는 신기한 책이에요.
종이가 가로로 혹은 세로로 잘려 있는데
이 종이를 넘길 때마다 진짜 아기 여우들이
움직이는 느낌이 들어요.

책장을 넘기기만 하면 나무 뒤에 숨은 아기 여우를 찾을 수 있다니!
관찰력이 뛰어난 아이들은 분명 엄마 여우보다 훨씬 더 빨리
아기 여우들을 찾아낼 거예요.

저랑 아이는 이 책의 뒤표지에 적힌 말 때문에 이 책을 읽게 되었어요.

늘 엄마와 같이 하고 싶은 친구에게….

"어, 우리 이야기잖아!" 하면서 반갑게 이 책을 만났지요.
아이가 엄마랑 숨바꼭질하는 이유가 엄마가 너무 좋아서라는 걸
이 작가도 알고 있나 봐요.

숨바꼭질 하면서 느꼈던 두근거리는 마음은
엄마를 다시 만났을 때의 반가움을 더 크게 해주기 때문이지요.

내가 꼭꼭 숨어도 항상 찾아내는
엄마의 사랑을 느끼며 이 책을 읽어보세요.

"무서워요"

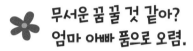

□□□■□□□ scared

🌸 무서운 꿈 꿀 것 같아?
엄마 아빠 품으로 오렴.

아이가 혼자 폴짝폴짝 뛰면서 노래를 부릅니다.

"안 무서워~ 안 무서워~ 나는 안 무서워~."

'대체 저런 노래는 어디서 듣고 온 걸까.'

노래를 부르는 아이 뒤로 아내가 슬금슬금 다가가 "어흥~" 하고 놀래킵니다. 순간 아이는 꽤 놀랐는지 얼음이 되고 말았습니다.

"이래도 안 무서워?"

"안… 안 무서워!"

거짓말, 얼굴은 완전 굳었는걸요.

"사자가 나타났는데 안 무서워?"

"응!"

"왜 안 무서워?"

"엄마, 아빠가 있잖아!"

순간 아내도 저도 할 말을 잃었습니다. 내가 누군가에게 이토록 든든한 사람이었음을 새삼 깨닫습니다. 비록 한없이 부족하고 성근 아빠지만 나를 이렇게 믿고 있는 이 아이만큼은 꼭 지켜주고 싶습니다.

| 이요셉

찰리가 온 첫날 밤

시공주니이
에이미 헤스트 글
헬린 옥슨버리 그림

눈이 내리는 어느 날 밤
헨리는 강아지 한 마리를 줍게 됩니다.
강아지에게 찰리라는 이름을 붙여주고
어릴 때 쓰는 담요로 강아지를 감싸 안아서 집으로 데려오지요.
엄마 아빠는 헨리가 찰리를 키우는 걸 허락하시지만
찰리는 헨리의 방이 아닌 부엌에서 자야 한다고 못을 박습니다.
과연 찰리는 부엌에서 얌전히 잠이 들 수 있을까요?

"울지 마, 찰리! 울지 마!"
나는 부리나케 부엌으로 달려가서 두 팔로
찰리를 꼭 끌어안았어요.
찰리는 바들바들 떨고 있었어요.

혼자서 잠을 자지 못하고 자꾸만 울어대는 강아지의 모습에서
우리 아이의 모습이 보여요.
『진정한 7살』이라는 책을 읽으며
진짜 진짜 진정한 일곱 살은 혼자 잘 줄 알아야 한다고 말해주고,
멋진 이층 침대를 사주겠다고 약속해도
밤이 되면 어김없이 엄마 아빠 침대로 기어 올라오거든요.
아이를 가운데 두고 몸을 웅크리고 자다가 너무 불편해
다시 아이를 아이 방에 눕히고 오면
어느새 아이는 다시 엄마, 아빠 침대로 올라오고…
이 일을 반복하면서 밤을 보내고 있어요.

"사랑해, 찰리."

그런데 아이가 찰리에게 사랑한다고 속삭이는 바로 그 순간
찰리는 비로소 깊은 잠에 빠져듭니다. 이 책을 아이와 함께 읽으며
'정말 무서움을 몰아내는 건 사랑이구나' 를
다시 한 번 느낄 수 있었어요.

오늘 밤에도 아이는 『찰리가 온 첫날 밤』처럼 엄마, 아빠의 침대와
자기 방의 침대를 오가다가 결국 한 침대에서 잠이 들겠지요.
그래도 나는 아이가 혼자 자는 날이 올 때까지 언제까지나 반복해서
아이에게 사랑한다고 이야기해 줄 거예요.

"불안해요"

□□□■□□□　nervous

불안한 표정인데
움직이지 않고 잘 참네!

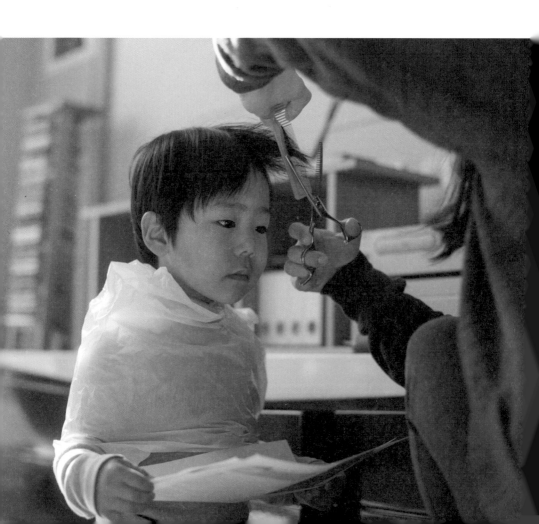

　태어났을 때는 머리카락이 별로 없어서 언제 예쁘게 머리카락이 자라나 했는데, 돌 무렵 돌잔치를 앞두고서는 머리카락을 한번 잘라야 할 정도가 되었습니다. 엄마와 떨어져서는 절대로 의자에 앉으려고 하지 않는 아기를 품에 안고, 엄마도 천을 두르고 함께 의자에 앉아서 힘겹게 아이의 머리카락을 잘랐던 기억이 납니다. 그다음부터는 집에서 할머니가 미용 가위로 앞머리나 뒷머리를 자르는 정도의 간단한 이발을 해 주셨는데 다행히 아이가 집에서는 미용실에서처럼 크게 불안해하지 않았습니다. 그래도 이발을 하기까지는 많은 이야기가 오가야 했습니다.

　"괜찮아, 아무렇지도 않아."

　안심을 시키려고 말했더니 아이는, "아무렇지 않은 게 뭐야?" 하고 묻습니다.

　"세상에는 이런 것도 있고, 저런 것도 있는데 이런 것도 없고 저런 것도 없는 아무런 게 있어. 근데 그 아무런 것조차 없다는 거야."

　가위가 눈앞에서 사각사각 소리를 내며 지나가는 모습을 아이는 눈을 질끈 감지도 않고 쳐다봅니다. 어쩐지 아직도 불안한 표정인데 아무렇지 않을 거라는 엄마의 말에 이렇게나 용기를 내고 있습니다.

　"불안한 표정인데 잘 참네!"

　할머니는 열심히 가위질을 하시고, 엄마는 불안해하는 아이를 응원하며 그렇게 오늘도 머리카락을 잘랐습니다.

| 김지연

용기가 필요해!

국민서관
뮈데 프린츠 모엔슨 글·그림

옛날에 걱정이란 걱정은 다 하는 생쥐 한 마리가 살았어요.
생쥐는 걱정거리가 하나도 없을 때에도 걱정을 했어요.

"엄마, 이 생쥐는 왜 걱정거리가 없을 때도 걱정을 했을까?"
아이는 이렇게 물으며 웃음을 터트립니다.
표정만 봐도 걱정거리가 많아 보이는 생쥐를 설명하는
이 두 줄의 글만으로 아이는 이야기에 빠져들지요.
자기 발자국을 보며 겁을 내는 생쥐의 모습 좀 보세요.

아이고, 불쌍해라!
옆집에 들쥐가 이사 오자
생쥐는 걱정을 너무 많이 해서 병까지 나지요.
그런데 이마를 찡그리고 입을 꼭 다문 생쥐의 표정이
치과에 갈 때나 미용실에 갈 때 불안해하는 아이의 표정과 닮았어요.

아이뿐만 아니라 모두에게 불안한 순간들은 늘 있게 마련이지요.
하지만 즐거워져서 걱정하는 걸 까맣게 잊어버리는 생쥐를 보며,
우리가 느끼는 **불안**을 이겨내는 방법도 알게 되는 책이에요.
들쥐가 무서워 걱정하고 또 걱정했던 생쥐처럼,
아이에게는 언제가 가장 무서운지 이야기를 나누어 보며 읽어보세요.

"쑥스러워요"

 embarrassed

✿ 처음이라 인사하기 쑥스러웠구나!

 아이가 인사를 잘 했으면 좋겠다고 생각습니다. 4살 무렵에는 엘리베이터에서 만나는 모든 사람에게 말을 걸고, 지나가는 사람들에게도 말을 걸어서 엄마를 당황하게 만들었던 아이였는데 어느 순간 부끄럼을 타기 시작했습니다. 누군가를 만나도 "안녕하세요?" 인사하기보다는 제 뒤에 숨어서 치맛자락을 잡고 있는 일이 많아졌습니다. 인사하는 거라고 가르쳐 주어도 같은 상황이 반복되었습니다. 그런데 예의 바른 아이가 되기를 바라는 마음이 어쩌면 '예의 바른 아이의 엄마'가 되고 싶었던 엄마의 욕심일지도 모른다는 생각이 들었습니다. 그래서 그 마음을 내려놓기로 하고, 똑같은 상황에서 그냥 아이에게 말을 건넸습니다.

 "처음이라 인사하기가 부끄러웠구나." 아이가 인사를 하지 못했어도 제가 그냥 밝게 인사를 건네고 그 자리를 지나쳤습니다. 아이가 다니는 유치원에서는 아이가 들어갈 때 마중을 나온 선생님 손을 잡고 **"안녕하세요? 아무개입니다"** 하고 인사하는 규칙이 있었는데 우리 아이는 6살이 될 때까지 그것을 잘 해내지 못했습니다. 눈도 잘 맞추지 못하고 부끄러운 듯이 얼버무리듯이 대충 그 시간을 견디는 모습이 보였습니다. '간단한 건데 왜 잘 못할까' 생각도 들었지만 겉으로 표현하지 않았습니다. 그런데 7살 무렵이 되자 아이가 갑자기 씩씩한 목소리로 인사하기 시작했습니다. 얼마나 대견했는지요! 고작 인사라고 생각할지 모르지만 부끄러움을 이겨내기 위해 그동안 얼마나 많이 연습했을지 엄마는 아니까요! 시간이 흐르며 아이가 잘할 수 있을 때까지 연습하는 시간을 엄마가 견디어 주어야 한다는 걸 비로소 알게 되었답니다.

| 김지연

팬케이크를 만들고 있는 엄마 뒤에서
엄마의 앞치마 끈을 잡고 있는 아기 고슴도치,
제목이 있는 페이지에 등장하는 첫 그림부터
'우리 아이랑 닮았네' 하며 읽었어요.
이웃들을 만나면 너무나 부끄러워서 가슴이
콩닥콩닥 뛰다가 결국엔 몸을 또르르 말아버리고 마는 또르.
인사를 잘 하면 좋겠는데
엄마의 옷을 붙잡고
엄마 뒤에 숨어서 고개만 빼꼼 내밀던 우리 아이와 정말 닮았답니다.

"엄마, 나 숲에 사는 이웃들과 친구가 되고 싶어요."
엄마가 대답했어요.
"음, 그러려면 '안녕하세요' 하고
말할 수 있어야 한단다."

또르의 첫 인사

베틀북
토리고에 마리 글·그림

또르가 누구를 만나든 몸을 또르르 말지 않고
씩씩하게 인사를 건네기까지
애쓰고 애쓰는 모습이 너무 귀엽습니다.

그리고 또르 앞에서 다양한 가면을 쓰고 함께 연습해 주는
고슴도치 엄마의 모습을 보며
'나는 얼마나 아이를 도와주었나' 하고 돌아보게 되지요.
때로는 내용은 맞는데 방법이 틀릴 수도 있어요.
"인사는 꼭 해야 하는 거야" 하고 아이를 다그치지 않기 위해서
아이와 이 책을 한번 읽어보세요.

쑥스러울 때마다
몸이 또르르 말리는 부끄럼쟁이 또르의 모습을 보며
아이도 왠지 더욱 용기가 날 거예요.

"속상해요"

□□□□■□□   upset

 혼자 해 보고 싶었는데
잘 되지 않아서 속상했구나!

　지퍼를 올리던 아이가 짜증을 내기 시작하더니 급기야 눈물을 터트립니다. 엄마가 도움 없이 혼자서 해 보겠다고 끙끙 거리다 잘 안 되니 마침내 울어버리고 만 겁니다. 뭐든 **"혼자서 할 거야! 내가 할 거야!"** 모드였던 시절이었습니다. 아직 방법은 서툴고 마음만 앞섰던 시절들이었지요.

　"혼자서 해 보고 싶었는데 잘 안 되서 속상했구나."

　자기가 왜 우는지도 모르는 아이에게 차근차근 그 마음을 읽어주는 말을 건넵니다. 그 말에 아이는 조금 기분이 풀리나 봅니다. 혼자 하고 싶은데 잘 안 되서 수없이 좌절하는 아이. 오른쪽 왼쪽 알맞게 신발을 신는 것, 혼자 코를 푸는 것도 아이에게는 수많은 도전의 연속입니다. 잘하고 싶은데 잘되지 않습니다. 하지만 엄마는 아이가 '그래서 나는 엉망인가 봐'라고 느끼지 않았으면 좋겠습니다. 도움이 필요하면 손을 내밀고 수많은 연습으로 내가 되고 싶은 모습과 지금의 내 모습과의 간격을 채워나갈 수 있기를 바랍니다.

　"잘 되지 않아서 속상했구나!" 수없이 좌절할 때마다 건네는 이 말이 위로가 되었으면 좋겠습니다.

| 김지연

빗방울이 후두둑

사계절
전미화 글·그림

뒤집히고 부러진 우산,
세차게 휘날리는 머리칼과 치맛자락.
표지에 바람에 대한 언급이 없어도
아이는 이미 심상치 않은 바람을 느끼며 책을 펼치게 됩니다.

주인공에게는 다행스럽게도 우산이 있지만
너무도 심한 바람은
우산을 쫙 펼쳐 봐도 막을 수가 없습니다.

먹구름을 피해 달려도 보고,
온몸에 힘을 꽉 줘보기도 하지만
모든 것이 역부족입니다.

결국은 사람들 앞에서 넘어져버린 주인공.
이 장면에서 아이에게 "지금 주인공 마음이 어떨 것 같아?"
하고 물어보았어요.
어쩌면 '창피해'라고 대답할 수도 있다고 생각했는데,
"속상해!"
아이는 정확하게 주인공의 마음을 읽어냅니다.

힘써서 노력했지만 내 힘으로는 안 될 때
그래서 결국 주저앉을 때
얼마나 속상한지요.

**"에라 모르겠다! 천천히 걸어가자.
여름 소나기 시원하게 내린다."**

아이가 무엇인가 혼자 해보려고 하다가
잘 되지 않아서 좌절하고 속상해할 때 이 책이 도움이 될 거예요.
소나기에 온몸이 다 젖어도 다시 일어나 길을 가고
웃을 수 있는 주인공을 보며 마음의 힘이 생길 거예요.

"화나요"

 angry

🌸 엘리베이터 버튼을 누르고 싶었는데
먼저 눌러서 화가 났구나.

　어느 날 몹시 화가 난 내 아이의 모습을 보았습니다. 엘리베이터 버튼을 아빠가 먼저 눌렀다고 화가 난 아이는 급기야 바닥에 주저앉아 울기까지 했습니다. 엘리베이터 버튼 하나에 아이는 왜 이렇게 화를 냈던 걸까요. 머쓱해진 아빠가 미안한 표정을 지으며 취소 버튼을 눌러주어도, 아이의 화는 식을 줄 몰랐습니다. 그런데 그런 아이의 모습을 보며 화가 날 때 어떻게 그것을 다뤄야 할지 몰랐던 제 모습을 돌아보게 되었어요. 앞으로 학교에 가고, 다양한 일을 겪게 될 아이에게 화가 난 상태에서 다시 주워 담을 수 없는 말들을 마구 쏟아내지 않고, 하지 말아야 할 난폭한 행동들을 하지 않고, 화난 감정으로부터 자신을 지킬 수 있도록 도와야겠다는 마음이 들었어요. 그리고 가장 좋은 방법은 '엄마가 화가 났을 때 예전과 달라진 모습을 아이에게 보여주는 것'이었어요.

　부끄럽게도 말로 할 수 없이 많은 시행착오를 거친 후에야, 아이에게 화를 표현하는 방식이 달라질 수 있었어요. 미리 준비한 다음 엄마가 되었으면 좋았을 텐데 아이에게 미안한 마음이 들 정도예요. 하지만 걱정마세요. 엄마도 아이도 느리지만 조금씩 자라고 있답니다. 예전에 못하던 것을 해내는 것처럼 화난 감정도 다스리게 되는 아이의 모습을 보게 될 거예요.

| 김지연

소피가 화나면, 정말 정말 화나면

책읽는곰
몰리 뱅 글·그림

소피가 화나면 어떻게 될까요?
소피는 소리 지르고, 입에서 불을 내뿜고,
활화산처럼 폭발해 버립니다.

'화'라는 감정은 끓어 넘치는 물이나 활활 타오르는 불처럼
엄청난 에너지를 가지고 있다는 것을 이 책이 잘 보여주는 것 같아요.
그래서 아이가 화날 때 경험하는 감정들은 몹시 강렬하고,
때로는 그것으로 자신과 다른 사람을 다치게 할 수도 있지요.

하지만 이 책은 소피가 화를 해소하기 위해 하는
행동들도 보여줍니다.

달리고, 눈물을 흘리고, 높은 나무 위에 올라서
커다란 세상을 바라보는 거지요.

아이와 화가 났을 때 나는 어떤 행동들을 하고
또 어떻게 하면 그 화가 풀리는지 이야기를 나누어 보세요.
엄마는 화가 나면 이불을 뒤집어쓰고 혼자 있고 싶은데
아이는 화가 나면 엄마랑 이야기를 하고 싶어진대요.
또 엄마는 책을 읽거나 한숨 잠을 자면 화가 풀리는데
아이는 달콤한 것을 먹으면 화가 풀린다고 하지요.

'내가 화가 나면 내 마음을 풀어주기 위해 이렇게 할 거야' 하고
미리 방법들을 떠올려 두면 도움이 돼요.
화를 풀고 다시 집으로 돌아온 소피의 모습은
왠지 모르게 읽는 사람들에게도 평온함을 나누어 주지요.
소피가 화가 났을 때는 테두리가 붉은색인데
화를 풀고 났을 때는 테두리가 노란색이에요.
아이와 이 책을 읽으며 소피가
어떤 모습으로 바뀌어 가는지도 눈여겨보시길 바랍니다.

"질투 나요"

jealous

엄마가 동생을 안고 있으면 질투가 나.
엄마는 너희 모두 최고로 사랑해!

　큰아이가 18개월 때 동생이 태어났습니다. 엄마가 몸을 추스르는 동안 큰아이는 엄마에게 제대로 안겨보지도 못하고 아빠에게 끌려가다시피 엄마에게서 분리되었습니다. 그때 울면서 몸부림치던 게 아직도 생각하면 미안해집니다. 그런데 다행히도 연년생으로 동생이 생겼는데도 큰아이는 질투하거나 퇴행 행동을 별로 보이지 않았습니다. 순한 심성 때문이기도 했겠지만 동생이 태어났어도 의식적으로 첫째를 배려하려고 했던 엄마, 아빠의 노력도 있어서였던 것 같습니다. 자신과 1년도 차이 나지 않는 동생을 귀여워하고 양보하는 첫째를 보면 지금도 기특하기만 하지요. 오히려 질투는 둘째에게서 많이 보이는 것 같습니다. 항상 사랑을 나눠야 해서 그런 걸까요? 언니를 좋아하고 따르지만 언니에 대한 경쟁심이 한편에 있는 게 슬쩍슬쩍 보입니다. 엄마, 아빠의 관심이 한쪽으로 쏠리는 것처럼 보이면 자신도 모르게 질투하는 마음이 드나 봅니다. 그래서 저희는 두 아이가 각각 혼자 있을 때 귓속말로 비밀 이야기를 들려줍니다.

　"엄마, 아빠는 네가 최고로 좋아."

　두 아이 모두 엄마, 아빠가 자신을 최고로 좋아한다고 굳게 믿고 있습니다. 어느 날은 이 비밀이 탄로 나는 날이 올지도 모릅니다. 하지만 이 말은 진실이랍니다. 엄마, 아빠의 사랑은 두 아이가 모두 최고로 좋을 만큼 커다랗고 넉넉한 사랑이라는 걸, 그래서 누군가가 자기의 사랑을 빼앗아갈까 봐 마음을 졸이지 않아도 된다는 걸 아이들이 알았으면 좋겠습니다.

| 김지영

피터의 의자

시공주니어
에즈러 잭 키츠 글·그림

책을 펼치기도 전에 아이는
"화가 났네!" 합니다.
허리춤에 손을 올리고 뒤돌아 서 있는 아이의 모습에서
화가 난 감정이 느껴졌나 봐요.
피터는 왜 화가 났을까요?

피터는 여동생 수지의 방을 들여다보았어.
엄마가 요람을 가만가만 흔들고 있어. 피터는 생각했지.
"저건 내 요람인데, 분홍색으로 칠해버렸잖아."

요람도, 식탁 의자도, 침대도 모조리 분홍색으로
칠해져 있는 것을 본 피터는 아직까지 파란색인 자기의 의자를 들고
집을 나서기로 합니다.

쇼핑 백에 과자와 강아지 비스킷, 장난감 악어와
어렸을 때 사진까지 챙겨 들고요.
강아지 윌리는 뼈다귀를 챙기지요.

피터는 왜 파란색 의자를 분홍색으로 칠하는 게 싫었을까?
아이에게 물어보니, 아이는 피터에게 물어보지 않고
아직 아끼는 건데 마음대로
색깔을 바꾸어 버려서 그런 것 같대요.

아직 동생이 없는 아이는
피터의 질투를 깊게는 이해하지 못하는 것 같습니다.
갑자기 자신의 것을 동생과 나누어야 하고,
엄마, 아빠의 사랑까지 나누어 가져서 부족해지는 것 같을 때
나도 모르게 자신의 것을 움켜쥐는 마음.

"아빠, 아기 의자를 분홍색으로 칠해서 수지한테 줄래요."

작아진 아기 의자를 동생에게 넘겨주고
아빠 옆의 어른 의자에 앉으면서
피터는 무난히 이 고비를 넘어갑니다.
이 책을 읽으며 피터처럼 '이건 절대 안 돼' 하면서,
짐을 싸두었던 게 있으면 슬그머니 다시 풀어볼 수 있길 바랍니다.

"심통 나요"

sulky

❀ 친구가 놀려서 심통이 났구나

　친구와 사이좋게 지내는 것을 배우려고 유치원에 갑니다. 처음엔 아이가 집에서 엄마, 아빠의 사랑을 충분히 받으면 자연히 사회성이 좋아져서 또래 아이들과도 잘 지낼 수 있을 거라고 생각했습니다. 그런데 웬걸요. 별것 아닌 일로 싸우고 속상해합니다. 어떻게 하면 친구가 기쁜지, 어떻게 하면 친구가 슬픈지 전혀 모르는 것 같았습니다. 누군가를 사랑할 수 있는 토대는 가정에서 만들어지지만 그것이 누군가를 사랑할 수 있는 실력이 되기 위해서는 반드시 살을 부대끼며 지낼 수 있는 친구들이 필요하다는 것을 그제야 알게 되었습니다.

　아이는 경쟁심이 강한 편입니다. 누군가 "내가 1등이지" 하고 아이를 약올리면 심통이 나서 어쩔 줄을 몰라 합니다. 친한 친구와 둘이서 맛있는 것을 싸들고 소풍을 간 적이 있었는데 둘이 손잡고 가다가 서로 자기가 먼저 걷고 싶다고 티격태격하더니 땅에 데굴데굴 구르며 다투는 어이없는 모습을 목격하기도 했습니다.

　"1등 하는 게 친구보다 더 소중한 거야?"

　물어보면 아니라고 하면서도 똑같은 상황이 되면 경쟁심을 주체하지 못하다 결국 다투고 맙니다. 그래서 엄마는 질문을 바꿉니다.

　"누가 먼저 양보할 거야?"

　역시나 무엇이든 먼저 하고 싶은 아이들입니다. 서로 먼저 양보한다고 또 다툽니다. 그래도 이렇게 연습할 수 있는 좋은 친구가 곁에 있어서 참 다행입니다. 고집 불통 혼자가 아니어서 감사합니다.

　　　　　　　　　　　　　　　　　　　　　　　　　　| 김지연

부루퉁한 스핑키

비룡소
윌리엄 스타이그 글·그림

"부루퉁한 게 뭐야?"
아이의 말에 쉽게 대답이 나오지 않아
국어사전을 찾아볼까 했는데
그림 속 스핑키의 표정을 보니까
부루퉁한 게 뭔지 알 것 같아요.
그래서 "책을 읽으며 알아보자" 하면서 책을 펼쳤어요.
책을 펼치자마자 누나와 형, 아빠가 스핑키를
화나게 하고 있는 그림들이 보이지요.
자세한 사정은 책을 읽으며 차츰 밝혀집니다.

**아무도 스핑키가 자기만의 생각과 감정이 있는 '사람'이라는 걸
이해하지 못하는 것 같았어요.
이해는커녕, 그런 사실을 알아차리지도 못하는 것 같았으니까요.**

아빠는 사소한 일이라고 했지만
스핑키는 쉽게 기분을 풀지 못하고
해먹 안에서 빨래더미처럼 누워만 있습니다.

사실은 아이가 심통을 부릴 때면
저 역시 스핑키의 아빠처럼
'별것도 아닌 일로!'라고 생각할 때가 많았답니다.
내가 사과를 한다고 해서 상대방의 속상했던 마음이
금방 풀리는 게 아니라는 것도 몰랐어요.

그래서 스핑키 가족의 이야기가 참 특별하게 느껴져요.
이렇게까지 할 자신은 없어도, 그래도 한 번쯤은
이 책을 아이와 함께 읽어보세요.

"답답해요"

 frustrated

무슨 일이 있었는지 모르지만
답답한것 같네?

언젠가 아이가 물안경을 쓰고 물 안을 들여다본 적이 있습니다.

"아빠, 물 밖은 아무것도 보이지 않는데 물 안은 그렇게 아름다울 수가 없었어. 여러 색깔의 물고기들이 있었고, 수초들이 하늘거리는 게 꼭 동화나라 같았어. 그런데 이런 생각이 들었어. 겉은 아름답지 않고 아무것도 보이지 않지만 마음이 그렇게 아름다운 사람들이 있지 않을까?"

"그래, 그런 것 같아. 그런 사람들이 많이 있는 것 같아."

아이의 말처럼 그런 예쁜 마음을 눈으로도 볼 수 있으면 좋겠습니다. 나중에 아이가 커서 사춘기 소녀가 되더라도 말하지 않으면 알 수 없는 속마음을 답답해하지 않고 들여다볼 수 있는 아이의 물안경이 있었으면 좋겠습니다.

| 이요셉

당나귀 실베스터와 요술 조약돌

다산기획
윌리엄 스타이그 글·그림

아이가 어렸을 때는 자기와 엄마가 꼭 같다고 생각해요.
자기가 지금 생각하는 걸 엄마도 똑같이 생각하고,
자기가 알고 있으면 엄마도 당연히 알고 있다고 생각하지요.
그래서 오해도 많이 생겨요.
"엄마는 몰랐는데!" 하면
"왜 몰라!" 하면서 떼를 쓰기도 한답니다.

"말해주지 않으면 엄마는 네 마음을 알 수가 없어."
이런 백 마디 말보다 실베스터 이야기가 훨씬 효과적이에요.

무엇이든 손에 쥐고 어떤 생각을 떠올리기만 해도
그것이 이루어지는 신기한 조약돌을 찾아낸 실베스터!
신이 나서 집으로 돌아가다 무서운 사자를 만나고 말아요.
너무 당황한 나머지 바위가 되게 해 달라고 했는데
바위에는 손이 없잖아요.
그래서 계속 바위인 채로 지내게 됩니다.

다행히도 이야기는 해피엔딩이에요.
갑자기 바위가 실베스터로 돌아오는 바람에
음식 접시들이 엉망진창이 되는 장면을 아이는
가장 좋아한답니다.

"엄마, 저 여기 있어요!"
실베스터는 소리치고 싶었지만 소리가 나오지 않았습니다.

실베스터는 얼마나 답답했을까요?
말할 수 있다는 게 얼마나 감사한지요!
실베스터는 어떻게 다시 돌아올 수 있었는지,
실베스터의 가족들은 왜 요술 조약돌을
금고에 꽁꽁 넣어두었는지 이 책을 읽으며 확인해 보세요.

"미워요"

□□□□■□□　　hateful

 서로 꼭 안고 있으면
미운 마음이 금세 사라진단다.

아이들과 함께 숲을 거닐고 돌아오는 길에 차 안에서 아이들이 토닥토닥하고 다투었습니다. 그러다가 토라져서 서로 등 돌리고 잠들었지요.

정확히 누가 잘못을 했는지 모를 때가 있습니다. 추워진 날씨에 체력이 떨어지면 어른도 아이들도 날선 말 한 마디에 마음이 상해버리곤 합니다. 귀가해보니 집을 비운 사이 찬 기운이 집에 가득했습니다.

"아, 너무 춥다, 추워."

동생의 말을 듣고 옆에 앉아 있던 누나가 동생 목을 자신의 팔로 감싸 안아줍니다.

"어때? 이제 따뜻하지?"

무엇이 잘못인지 알지 못할 때는 "내가 잘못했어. 미안해, 내가 사과할게" 이런 사과의 말을 누가 먼저 건네야 할지 모를 수 있습니다. 그럴 땐 잠시 시간이 필요합니다. 그리고 그냥 다가가서 안아주고 상한 마음을 어루만져 주는 게 더 지혜로운 방법일지 모릅니다. 아이들이 서로를 안아주고 있기에 '용기 있는 모습'이라고 말해주었습니다. 사과를 하고 용서를 구하기에 이미 늦어버렸다면 아이들은 가끔 편지를 씁니다. 집안 구석구석에 아이들의 편지가 가득합니다.

'누나는 하루가 끝나고 네가 잠든 걸 보고 있으면 이런 생각이 들어. 오늘 더 사랑해 줄 걸. 더 안아줄 걸. 더 따뜻하게 대해 줄 걸. 이런 생각 말이야. 누나가 너에게 잘 대해주지 못해서 미안해.'

서로의 다른 모습을 이해하고 끌어안아 주는 시간을 통해 우리는 용서와 용기, 사랑을 배워갑니다.

| 이요셉

아 진짜

어린이아현
권준성 글/이장미 그림

너무 어려서 "아 진짜"라는 말밖에 하지 못하는 동생과
동생을 울리기도 하고, 사랑하기도 하는 형의 이야기예요.
글은 '아 진짜'밖에 없어서
"아 진짜"라는 감탄사 다음에 들어갈 주인공의 마음들을
아이 스스로 완성해 가며 읽어야 해요.

"아 진짜 내 그림!"
"아 진짜 미안해."
"아 진짜 물어내!"

이렇게 동생도 되고, 형도 되어서 이야기를 만들어가며 읽지요.
그런데 참 신기하지요.
엄마는 '속상해, 화가 나' 같은 감정을 나타내는
단어들만 떠올렸는데
아이가 완성하는 문장들은 다채롭고 생생하기만 합니다.

"아 진짜 너무해!"
"아 진짜 뭣 때문에!"
"아 진짜 깜빡 속았네!"

장난감 하나로 투닥투닥 싸우고 엎치락뒤치락 경쟁을 하기도 하지만
결국은 '내 동생, 내 형아' 하면서
미움보다는 사랑을 배워가는 아이들.

에너지와 경쟁심이 넘치는 형제가 있다면
'문장 완성하기' 놀이를 하듯 이 책을 재미나게 읽어보세요.
서툴러서 미처 표현하지 못했던 마음들이
결국은 따스한 사랑으로 서로에게 전해지는 시간이 될 거예요.

[불쾌]

"짜증나요"

annoyed

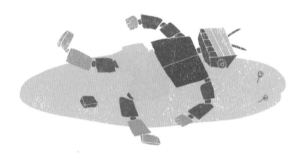

✿ 잘 되지 않아서 짜증이 났구나

변신하고 합체하는 로봇을 한참 가지고 놀던 때가 있었습니다.

엄마, 아빠에게도 어려운 변신 합체 로봇들을 가지고 놀다가 자동차로 변신시키고 싶은데 잘 되지 않자 아이가 이내 짜증을 부립니다. 엄마는 어이가 없습니다. "**그럴 거면 가지고 놀지 마. 다른 놀이를 하면 되잖아**"라고 말해주고 싶은 마음이 앞서는데 아이 입장에서는 이것도 난관에 부딪히고 문제를 해결해가는 과정이겠지요. 그럴 때는 엄마도 잘 되지 않아서 짜증났던 이야기 속으로 슬그머니 아이를 초대합니다.

"**엄마도 그랬어**"로 시작하는 이야기는 아이가 늘 솔깃해하는 시리즈입니다. 어른인 엄마는 안 그랬을 것 같은데 엄마에게는 나보다 더한 실패의 경험담이 있다니! 어이없는 그 이야기를 들으며 아이는 짜증이 조금 누그러들고 엄마는 '참, 나도 그랬지' 하면서 아이의 눈높이에 마음의 키를 구부릴 수 있게 됩니다.

손짓 발짓하며 부풀려 꺼내는 엄마의 파란만장 이야기가 이렇게라도 쓰일 수 있어서 다행입니다.

| 김지연

문제가 생겼어요!

논장
이보나 흐미엘레프스카 글·그림

짜증이 난다는 건 문제가 있다는 뜻이에요.
그리고 문제는 항상 우리 옆에 있지요.
그때마다 짜증을 부리지 않는 방법은 어디서 배울 수 있을까요?

크레파스가 왜 이렇게 자주 뚝 하고 부러지는지
장난감 로봇 팔은 왜 이렇게 쉽게 빠지는지
아이는 하루에도 종종 짜증이 난답니다.

그때 이 책을 한번 읽어보면 좋겠어요.
책 표지에 그려진 건 무엇일까요?
아이와 상상의 나래를 먼저 펼쳐보세요.
아이는 보트 같다고 하기도 하고, 공룡 알 같기도 하대요.

이것은 할머니가 수를 놓으신,
우리 엄마가 제일 좋아하는 식탁보예요.
다림질을 하다가 잠깐 딴생각을 했는데
큰일이 벌어지고야 말았어요.

아! 다리미 자국이었군요. 이를 어쩌나!
아이가 걱정하는 사이에 얼룩이 여러 가지 모습으로
바뀌고 또 바뀝니다. 그 모습이 너무 재미있어요.
그런데 엄마가 와서 그 얼룩을 보면 뭐라고 말씀하실까요?
식탁보가 어떻게 우리 모두가
가장 좋아하는 식탁보가 될 수 있었는지,
엄마는 어떻게 그 문제를 멋지게 해결했는지
이 책을 읽으며 확인해 보세요.

문제가 생길 때 짜증을 부릴 수도 있지만,
그때가 어쩌면 소중한 가족과의 멋진 추억을
쌓을 수 있는 기회일지도 몰라요.
나도 오늘 꼭 이렇게 해 봐야지 하는 생각이 들지 않으세요?

"나빠요"

□□□□■□ bad mood

나가서 놀고 싶은데 비가 와서
기분이 나쁘구나.

"아빠 나갈 거예요?"

"응. 아빠는 곧 나갈 건데."

"아빠, 나갈 때 나도 데리고 나가주면 안 돼요?"

"음, 지금 밖에는 비가 오잖아. 오늘 같은 날 나가면 홀딱 다 젖을 텐데? 오늘은 운동장에서 놀 수도 없고 잠자리도 못 잡는 날이잖아."

"응, 나는 비 맞고 싶어서 그러는 거예요. 신난다!"

비가 와서 못 하는 일이 아닌 신나는 일을 볼 줄 아는 아이가 참 사랑스럽습니다. 비가 와서 기분이 나쁜 날이 있었는지 물어보면 하나도 없었다고 대답하는 아이입니다.

| 이요셉

아빠와 피자놀이

비룡소
윌리엄 스타이그 글·그림

영어 제목은 'PETE'S A PIZZA'인데 읽어보면
'핏자핏자' 하고 소리가 납니다. 아이의 이름에서 피자 소리가 나고,
어쩐지 화면 가득 웃고 있는 아이의 얼굴이
둥근 피자처럼 보이는 건 우연만은 아니랍니다.

비가 오자 피터는 기분이 나쁩니다.
원래는 친구들과 공놀이를 하기로 했었거든요.
그런 피터의 기분을 풀어주기 위해서…
아빠는 피터를 피자로 만들기 시작한답니다!
이 책은 피터의 모습을 똑같이 따라 하며 읽으면 재미있어요.

피터가 피자 도우가 되기 위해 누워있을 때는
아이도 소파 같은 곳에 눕게 하고 온몸을 주물러대요.

그러면 제아무리 근엄한 표정을 짓고 있는 아이도
깔깔깔 웃음을 터트리는 것을 보게 될 거예요.

피터 위에 치즈라며 뿌린 것은 실제로는
종이 조각들이라고 작가가 힌트를 주네요.
우리 집에도 종이라면 얼마든지 많지요.
냉큼 가져와서 아이 위에 뿌려줍니다.

때로는 이런 그림책 한 권이 육아서보다 낫다고 느껴질 때가 있어요.
피터의 아빠는 어떻게 이런 멋진 생각을 해낸 걸까요?
우리 아이가 기분이 나쁠 때 이 방법을 써 봐야지 생각하게 된답니다.
이미 이불 속에 아이를 넣어서 김밥 놀이를 해 본
경험이 있는 부모님에게는 이 책이 정말 반가울 것 같아요.

참 소파 오븐에 아이를 옮겨서 구워질 때까지
기다릴 때는 타이머 맞추는 시늉,
땡! 하고 다 구워진 것을 알리는 소리 등도 잊지 않고 내주세요.
나빴던 기분이 어느새 사라질거에요.

"부러워요"

□□□□□■□　　envious

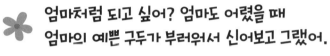

엄마처럼 되고 싶어? 엄마도 어렸을 때
엄마의 예쁜 구두가 부러워서 신어보고 그랬어.

나갈 채비를 하다 보면 두 딸의 눈이 반짝반짝합니다. 대여섯 살 딸들 눈에 비친 엄마의 변신 과정은 마법에 가까운지 그토록 신기하게 쳐다봅니다.

"엄마, 이건 뭐야? 이건 어떻게 하는 거야? 내가 발라주고 싶어."

엄마 얼굴에 발라주던 화장품을 어느새 자기 얼굴에, 입술에 토닥토닥 바르고 있습니다.

'엄마 부럽다. 나도 빨리 어른이 되고 싶다!'

아이들 눈엔 엄마가 하는 것들이 모두 재밌어 보이나 봅니다.

얼른 어른이 되고 싶다는 아이들의 말에 엄마는 부디 아이들이 천천히 자라주길 바랍니다. 물론 '언제 이만큼 컸나' 싶을 만큼 몸과 마음이 훌쩍 큰 모습을 보면 기특하지만, 아기에서 어린이가 되어 가는 모습을 보며 아쉬운 마음도 한편엔 큽니다. 이렇게 시간이 흐르다 보면 금방 어린이에서 어른이 될 것 같습니다. 아무것도 안 해도 그저 사랑스럽고 작은 것에도 기뻐하고 신기해하고 행복해하는 아이들의 어린 마음이 엄마는 슬쩍 부럽습니다.

'엄마는 너희가 부럽다. 엄마가 어린이 하면 안 될까?'

| 김지영

지금 이대로 행복해

현북스
앙드레 단 글·그림

작은 벌새는 커다랗고 아름다운 공작새를 만난 후
아름다운 공작새의 모습을 닮고 싶어 합니다.
지평선에 걸린 해를 등지고 서서
마치 공작새의 아름다운 꼬리가 내게도 있는 것처럼 꾸미기도 하지요.

그런데 작고 엉뚱한 벌새의 모습이 왠지 아이를 닮았어요.
"빨리 나도 어른의 모습이 되고 싶어!" 하면서
거울 앞에 서서 아빠의 로션을 발라보기도 하고

엄마의 헤어 롤을 자기의 머리카락에 붙인 채 돌아다니는 아이는
때로는 친구들과 자신을 비교하기도 하고,
엄마, 아빠처럼 어른이 되고 싶어 조바심을 내기도 하지요.

"나는 작지만 지금 이대로 행복해."

그런데 문득 높이 날아오른 벌새는 풀숲 사이로 보이는 작은 새가
자신이 부러워했던 공작새라는 것을 깨닫게 된답니다.
몸도 마음도 자유롭고 행복해 보이는 벌새.

화려한 깃털이 없어도
몸집이 작아도
벌새는 벌새만의 모습으로 행복할 수 있구나!

다른 누군가가 되려고 하는 건
아무 소용없는 일이라는 걸
아이에게 전하고 싶을 때 이 책을 한번 읽어보세요.

"창피해요"

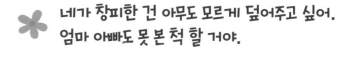

□□□□□■□　　ashamed

✿ 네가 창피한 건 아무도 모르게 덮어주고 싶어.
엄마 아빠도 못 본 척 할 거야.

아이와 여름휴가 대신 교회 가족 수련회를 간 적이 있었습니다.

모두 여덟 가정이 참여했는데 아이들은 금새 서로 친해졌습니다. 유치원에 다니는 아이는 지수라는 초등학생 누나를 사귀어서 비가 오는데도 우산 하나를 함께 쓰고 숲 산책을 나갔습니다. 엄마와 아빠는 그 모습이 귀여워서 역시 우산 하나를 함께 쓰고 멀리서 산책을 하는 척하며 아이를 따라갔습니다.

"그런데 아이의 걸음걸이가 좀 이상하지 않아?"

"그러게, 윗옷은 왜 손으로 꼭 잡고 있지?"

아이가 산책을 다 마치고 우리 근처로 왔을 때 아이의 바지에 작은 얼룩이 있는 것을 발견했습니다. 어떤 사정이 있었는지 모르지만 바지에 오줌을 싼 것 같았어요. 아이는 그 얼룩을 가리려고 한 손으로 윗옷을 잡아당긴 채 걷고 있었지요. 산책을 마치고 숙소로 돌아갈 때까지 아무도 그 얼룩에 대해 이야기하지 않았습니다.

남편은 그저 아이에게 다가가 "물웅덩이를 만나서 바지가 조금 젖었구나"라고 이야기했습니다. 아이는 아빠의 말에 얼굴이 환해지더니 "맞아요. 정말 큰 물웅덩이였어요!"라고 이야기했지요. 혼자서 창피했을 텐데 지수가 알아채지 못해서 다행이었어요. 그리고 아이는 자신의 실수를 엄마, 아빠도 모른다고 생각하는 얼굴이었지요. 엄마, 아빠는 아이가 모르게 서로 두 눈을 깜빡이고는 아이를 씻어줍니다.

그리고 그날 밤 엄마는 아이가 실수한 바지를 깨끗하게 빨아서 비가 그친 교회 마당에 널어두었습니다.

| 김지연

선생님, 기억하세요?

씨드북
데보라 홉킨슨 글
낸시 카펜터 그림

아이와 눈을 맞추기 위해 무릎을 꿇고 있는 선생님의 모습에서
선생님이 좋은 분이라는 걸 눈치채셨나요?

새 학기 첫날, 홀딱 젖은 채로 나타난 아이는
'이제 혼날 일만 남았구나' 생각하지만
선생님은 아이에게 용감한 탐험가 같다며 웃어주시지요.
무채색의 아이들 속에서 주인공은
항상 눈에 띄는 색깔로 그려져 있어요.
걸핏하면 사고를 치는 아이지만 선생님의 눈에는
너무나도 특별한 아이의 장점이 보이는 것 같지요.
마음대로 징검돌을 건너다가 개울에 빠진 주인공은
씩씩한 척하지만 학교로 돌아가는 내내 덜덜 떨고 말아요.

그때 선생님은 떨고 있는 아이에게 손을 내밀어
아이의 손을 말없이 잡아주신답니다.

그보다 꼭 전해 드리고 싶은 건
제가 곧 첫 일터에 나간다는 소식이에요.
내일 아침, 그곳에 들어서면
제 탐험의 길목마다 내밀어 주신 손길을 떠올리며
선생님처럼 되기 위해 최선을 다할 거예요.

선생님이 된 아이는 선생님의 손길을 아직 기억하고 있습니다.
자기가 받은 사랑과 이해 그대로 아이들에게 똑같이
좋은 선생님이 되어 줄 것이 눈에 선하지요.

아이가 실수할 때마다 묵묵히 그것을 덮어주는 선생님의 사랑이
얼마나 아름다운지, 또 그것이 시간이 흘러
얼마나 빛나는 열매를 맺는지 이 책을 읽으며 느껴보세요.
그리고 기억하세요.
아이가 창피할 때마다 그 순간 말없이 감싸주는
우리의 사랑도 그러할 거라는 걸.

"고집부려요"

□□□□□■□ insist

✳ 엄마, 난 오늘 꼭 이 옷을 입고 싶어요.
꼭 그 잠옷을 고집하고 싶어?

　다섯 살인 작은 아이는 벌써 '스타일'을 아는 공주님입니다. 은색 치마바지를 골라놓고 "엄마! 스타일 좀 보고!"라며 거기에 어떤 색의 카디건이 어울리는지 고민합니다. 일주일에 한 번은 번개걸 옷을 입어줘야 하고 또 한 번은 개량 한복을 챙겨 입습니다.

　그런 아이가 때에 안 맞는 스타일을 고집할 때는 늘 난감해집니다. 눈이 내리는 한겨울에 여름에 선물 받은 레이스 드레스를 입겠다고 하거나 장난감 액세서리를 머리부터 발끝까지 주렁주렁 매달고 집을 나서려고 할 때 엄마의 마음은 복잡해집니다. 바쁜 아침에는 억지로 옷을 갈아입히다 눈물바람으로 집을 나설 때도 많았습니다. 엄마가 골라주는 대로 고분고분 입어주고 엄마의 말을 잘 따르는 첫째를 키울 때와는 또 다른 고민을 하게 되었습니다.

　하고 싶은 게 상대적으로 '분명한' 아이를 어떻게 하면 좋을지 생각하다 어린 시절 제가 떠올랐습니다. 어렸을 때 저는 사과 궤짝이나 버려진 가구를 주워 와서는 페인트칠을 다시 해서 제 방에 갖다 두었습니다. 그리고 사흘이 멀다 하고 가구를 재배치하곤 했지요. 그때 아빠는 '별 이상한 애가 다 있다'고 하면서도 무거운 가구를 이쪽저쪽으로 옮겨 주셨어요. 그런 아빠가 세삼 고맙고 제가 어떻게 해야 할지 좀 알 것 같습니다.

　이제 건강과 안전에 문제가 없는 한 아이의 '스타일'을 인정해 주었습니다. 그 외의 경우엔 엄마의 설득 기술을 늘리고 있습니다. 그러자 아이도 엄마의 설득에 "엄마, 그럼 이렇게 하는 게 좋겠다"며 자신의 고집을 꺾기도 합니다. 그럼에도 아이의 사춘기가 벌써 걱정이 되긴 합니다.

| 김지영

고집불통 4번 양

라임
마르가리타 델 마소 글
구리디 그림

아이들마다 잠이 안 올 때 부르는 양떼가 있대요.
그리고 이 양떼들은 1번, 2번, 3번 하고 순서가 정해져 있고요.

언제나 똑같아.
1번 양이 폴짝 뛰면 2번 양이 포올짝
그다음엔 3번 양이 포오올짝…
미구엘이 잠들 때까지 차례대로 폴짝폴짝 뛰는 거야.

"엄마도 잠이 안 와서 양 한 마리, 양 두 마리 세어본 적이 있었는데
나는 양들에게 줄넘기를 시켰는데…."
엄마의 경험을 들려주었더니 아이는 '이거 재밌는 걸' 하는 표정이에요.
그런데 어느 날 갑자기 4번 양이 허들을 뛰어넘지 않겠다며
고집을 부립니다.

어쩐지 이 책은 고집불통 4번 양을 응원하는 분위기예요.
그런데 만약 현실에서 아이가 4번 양처럼 군다면
골칫거리를 만난 것처럼 얼굴을 찌푸릴지도 몰라요.

사실 우리 아이도
친구들이 어떻든 상관없이 몰두하는 부분이 있어요.
대부분의 친구들은 징그럽다고 하며 만지지도 못하는
갖가지 곤충들을 관찰하고 연구할 때예요.
한번은 사마귀를 잡아왔는데 사마귀가 알집을 만들어서
그곳에서 수없이 많은 새끼사마귀가 나온 적도 있었지요.

우리 아이가 가장 고집을 부리는 경우는 언제인가요?
모두가 하얀 양떼들 속에서 혼자 얼굴이 까만 4번 양.
그만큼 특별해 보이기도 한답니다.

"지루해요"

 bored

❀ 심심하고 지루하구나!

우리집은 동네 끝자락에 있는 마지막 빌라입니다. 동네의 가장 끝자락에서 살게 된 큰 이유는 집 앞에 펼쳐진 숲 때문입니다. 이사할 집을 처음 보러왔을 때 계절이 가을이었습니다. 나뭇잎들이 가득했고 바람이 불 때마다 나뭇가지들이 부딪히며 만들어내는 소리가 있었습니다. 노래하는 숲을 난생 처음 본 것처럼 가슴이 두근거렸습니다. 아빠가 숲에서 느낀 감동을 아이들도 느끼게 해 주고 싶었습니다. 그래서 큰 아이가 6살, 작은아이가 4살 되던 해에 이곳으로 이사를 왔습니다.

아이들은 잠을 자기 전, 거실에서 숲을 올려다봅니다. 그러면 나무와 숲, 하늘 너머로 별들이 반짝입니다.

어느 날 아이들을 태우고 차로 이동을 하다가 아이들이 나누는 대화를 듣게 되었습니다.

"누나, 누나는 막대사탕 봤어?" "응, 봤지. 너는 로켓 봤니?"

"봤지. 그러면 작은 꼬마요정들은?"

"응, 봤어. 그러면 보물 상자랑 지도는?"

우리 집에는 텔레비전도 없는데 도대체 그 신기한 것들을 어디서 봤을까 궁금했습니다. 그러고는 아이들에게 무슨 이야기인지 물었습니다. 아이들은 숲을 올려다보며 나뭇가지와 잎사귀, 떨어지는 빗방울과 눈 결정체를 통해 자기들만 볼 수 있는 모양을 엿보고 상상했다고 합니다. 아무것도 하지 않는 시간, 언뜻 보면 지루하게 느껴지는 그저 하늘을 올려다보는 시간 속에서 많은 상상을 하고, 감정을 느끼고 있었습니다.

평범한 일상의 시간 속에서도 아이들의 마음속에서는 끊임없는 노래가 흘러나옵니다.

| 이요셉

펭귄은 너무해

미디어창비

조리 존 글/레인 스미스 그림

귀여운 펭귄이 뭐가 너무한 걸까요?
제목만 봐서는 알 수가 없어요.
그래서 책날개에 있는 '펭귄의 편지'를
놓치지 않고 읽어야 해요.
본문이 시작되기 전, 펭귄의 편지를 먼저 읽다 보면
주인공 펭귄의 캐릭터와 말투가 생생하게 떠오릅니다.

지난밤에 또 내린 눈이 싫고,
매일같이 들어가는 바다는 너무 짜고
햇살마저 너무 눈부시다고 투덜대는 펭귄.

그런데 아이도 가끔 펭귄같이 굴 때가 있어요.
"오늘도 유치원 가야 해?"
"입맛이 하나도 없어."
"다리가 너무 아파."

오늘이 내일 같고, 내일이 어제 같은
지루한 일상이 반복된다고 느껴질 때가 있답니다.
그런 날에는 귀여운 펭귄이 나오는 이 책을 아이와 함께 읽어보세요.

**"하지만 펭귄아. 난 내 삶을 다른 누구와도 바꾸지 않을 거야.
아마 너도 그럴 거야. 너도 어느 누구와도 바꾸고 싶지 않은
너만의 삶이 있다는 걸 깨달을 테니까."**

바다코끼리의 충고에 담긴 작가의 마음.
펭귄에게처럼 아이에게도 와닿으면 좋겠어요.
참, 투덜거리는 펭귄의 말투를 잘 살려 읽어야 재미있답니다.

셋. 아이와 부모가 함께 자라는 마음의 힘

[가치]

정직

 honesty

솔직하게 말해줘서 고마워.

　모임에서 '도전 골든벨'을 하게 되었습니다.

　아이가 평소에 흥미 있어 하는 주제라 승승장구하며 답을 계속 맞힐 수 있었습니다. 이제 몇 명이 남지 않게 되었고 거의 마지막 문제가 되었습니다. 분명 아는 답일 텐데 아이는 화이트보드에 답을 적지 못했습니다. 그래서 아이는 은상을 받았고 친구가 금상을 받게 되었습니다. 은상으로도 충분히 기분 좋게 '잘했다' 칭찬하고 집으로 돌아오는 길에 아이가 말해주었습니다.

　마지막 문제의 답이 떠올라서 화이트보드에 답을 적으려다가 옆 친구의 답을 보게 되었고, 답을 보는 순간 이 답은 적지 말아야겠다는 생각이 들었다고 합니다. 답을 적게 되면 정직하지 못하다는 생각이 들었기 때문이라고요.

　은상을 받고 돌아오는 길, 아이의 마음에 나는 금상을 주었습니다.

| 이요셉

꽃을 사랑하는 아이, 핑이 키우는 나무는
신기하게도 쑥쑥 잘 자랍니다.
그래서 임금님이 가장 예쁜 꽃을 피운 아이를
후계자로 삼겠다고 할 때
아이도 '저도 핑이 뽑힐 거야' 하고 기대를 하지요.
그런데 이상하게도 이번만큼은 꽃을 피울 수가 없습니다.
결국 핑은 빈 화분을 들고 궁궐로 가게 되지요.

**"꼬박 한 해를 돌보았지만 아무것도 자라지 않았습니다.
그래서 오늘 꽃이 없는 빈 화분을 들고 온 것입니다.
이 빈 화분이 제 정성이옵니다."**

임금님께 벌을 받을지도 모르는데도 솔직하게 말하는 핑이
대단하게 느껴져요.
우리집에서는 아이가 잘못했을 때 거짓말을 하지 않고
솔직하게 말하면 그것만으로 용서를 받을 때가 많아요.
솔직하게 말할 수 있는 용기를 가르치고 싶어서 그렇게 하는 거예요.
임금님도 핑의 말을 듣더니 빙그레 웃으며 말합니다.

**"내가 찾던 아이가 바로 이 아이다! 왕위를 물려 줄 사람을 찾았노라!
너희들이 어디서 씨앗을 구했는지 나는 모를 일이로다.
내가 너희들에게 나누어 준 씨앗은 모두 익힌 씨앗이니라.
그러니 싹이 틀 리가 있겠느냐."**

아 그랬구나!
책을 읽던 아이는 비로소 고개를 끄덕입니다.
아이에게 왜 임금님이 이런 시험을 했는지 물어보니,
거짓말을 하는 사람이 왕이 되면
백성들이 위험해질 수도 있다고 대답하네요.

핑의 빈 화분이 의미하는 게 뭘까요?
임금님은 핑이 들고 있는 것이 빈 화분이 아니라
진실이 담긴 화분이라고 말합니다.
진실은 때로는 우리에게 용기를 요구하지요.
나에게 불리할 때에도 진실을 말할 수 있는 용기, 바로 **정직**이에요.

이 책을 아이와 함께 읽으며
정직한 핑의 이야기를 가슴에 새겨 보세요.

빈 화분

사계절
데미 글·그림

도움주기

□□□□□□■　　　help

 엄마를 도와주려던 그 마음만으로 충분해.

엄마의 설거지를 도와준다며 아이가 나선 적이 있었습니다.

싱크대에 손이 닿지 않자 의자를 가져와 그 위에 올라서서 그릇을 씻었습니다. 그 모습이 귀여워서 뒤에서 지켜보고 있는데 얼마 지나지 않아 "쨍그랑" 소리가 났습니다. 접시 하나가 깨지고 만 겁니다. 엄마를 돕는다는 생각에 신이 났던 아이는 울상이 되어 **"엄마, 미안해요"** 합니다. 깜짝 놀라 접시가 깨진 곳으로부터 아이를 멀리 피신시키고 깨진 그릇 조각이 흩어진 주방 청소를 했습니다. 순식간에 일거리가 더 늘어난 셈이지요.

"엄마를 돕고 싶었는데….."

풀이 죽어 시무룩한 아이가 중얼거립니다.

"아니야, 엄마는 네가 도와주려는 그 마음만으로 기뻐. 이미 충분히 받았어. 고마워."

풀 죽은 아이의 눈을 보며 힘주어 또박또박 이야기를 건넸습니다.

정말이에요! 도와주려던 그 마음만큼은 접시가 깨졌어도 진짜니까요! 무엇을 해 주어서가 아니라 엄마를 생각해 준 마음만으로도 이미 기쁜 것, 그게 엄마의 마음이에요.

| 김지연

아빠 코끼리가 아이들에게 가져다주려고,
100개의 물방울을 양동이에 담아서 집으로 갑니다.
아빠 코끼리는 무섭고 아프고 힘든 길도 열심히 달려가지만,
양동이 속 물방울은 자꾸만 줄어가지요.

"해님이 물방울을 가져가고 있어요!"
아이는 코끼리 아저씨의 마음이 되어
물방울이 사라져갈 때마다 안타까워합니다.

하지만 결국 텅 비어버리고 만 양동이.
그런데 아빠 코끼리의 눈물 한 방울이 흐를 때,
하늘에서도 비 한 방울이 떨어지지요.
"아빠 눈물처럼 비가 와!"
글이 하나도 없는데 아이가 마음으로 읽어 낸 문장이 너무 좋습니다.

어쩌면 오늘 내가 흘린 눈물이 있어,
훗날 누군가의 슬픔을 위로할 수 있는지도 모릅니다.
아빠 코끼리가 흘린 눈물이 꼭 비가 된 것 같은 건 그래서일 거예요.

작가는 아빠를 생각하며 이 책을 썼다고 해요.
아빠가 험난한 하루를 마치고 빈 양동이처럼 돌아왔을 때
비록 양동이는 비어있지만…
'오늘도 우리를 위해서 열심히 달려줘서 고마워' 하면서
우리가 그 양동이를 채워줄 수 있으면 좋겠어요.

참, 책을 읽고 난 다음에 아이가 퀴즈를 냈어요.
책 앞뒤 면지 그림의 수많은 코끼리 중 누가 아빠 코끼리일까요?
어머, 모두가 똑같은데 도대체 누구지?
아이가 힌트를 줍니다.
"스쿠터를 타고 있는 코끼리가 아빠 코끼리예요."
아빠를 생각하며 이 책을 읽고 아빠 코끼리도 꼭 찾아보세요.

코끼리 아저씨와 100개의 물방울

문학동네어린이
노인경 글·그림

인내

□□□□□■   patience

❋ 천천히 해도 괜찮아.
기다려줄게.

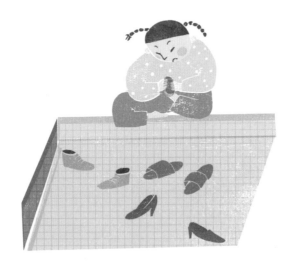

집에서 학교와 거리가 있는 편이라 출근 시간이나 등교 시간보다 조금 일찍 움직이는 편입니다. 그러면 길에서 보내는 시간이 수월해지기 때문입니다. 아이가 양말을 신으려고 현관 앞에 앉았습니다.

"늦을 것 같아. 빨리빨리."

아이가 양말을 신다 말고 나를 지긋이 쳐다보며 말했습니다.

"아빠, 재촉하면 더 빨리 할 수가 없을 때가 많아."

어른스러운 표정과 말투에 놀라서 다음 반응이 궁금해졌습니다.

"그러면 더 느리게, 느리게, 느리게."

"아빠, 그러면 정말 느려져서 정말 늦는단 말이야. 이럴 때는 어떻게 해야 할지 알려주면 내가 알아서 할게."

"그래, 알았어. 아빠가 재촉하지 않고 그냥 옆에서 기다려줄게."

현관문 앞은 아빠가 인내심을 배우는 장소입니다. 뭐든지 천천히 해도 괜찮다고 느긋이 말할 수 없을 때가 많지만 기다려주는 아빠의 모습을 통해 어쩌면 내 아이도 인내심을 배워 가는지도 모릅니다.

| 이요셉

눈이 내리자 아이는 서둘러 외출 준비를 합니다.
눈 위에 첫 발자국을 찍고 싶어서요.
그런데 할아버지의 외출 준비는 느리기만 하네요.

결국 누군가 먼저 지나가 버립니다.
만약 우리 아이였다면 울고불고 한바탕 난리를 칠 것만 같아요.
오래 기다리는 건 아이에게는 아직 어려운 일이거든요.

그래서 이 책을 꼭 아이와 함께 읽고 싶었어요.
참고 기다린 끝에 아이에게
기적 같은 하루가 찾아오는 장면을 함께 지켜보고 싶었거든요.

첫 발자국을 찍는 것보다
훨씬 더 크고 놀라운 일이 아이와 할아버지를 기다리고 있었어요.

집에 돌아온
할아버지와 난 맞장구쳤어요.
어떤 일들은 꾹 참고 기다릴 만한
가치가 있다고 말이에요.

눈이 오는 특별한 날에 아이와 함께 이 책을 읽으며
인내를 통해 맛볼 수 있는 기쁨에 대해 이야기를 나눠보세요.

SNOW 눈 오는 날의 기적

주니어RHK
샘 어셔 글·그림

배려

□□□□□■ respect

 다른 사람들을 생각해 줄 수 있지?

아이가 어릴 때는 식당에 가는 게 참 힘든 일 중에 하나였어요. 가만히 있지 못하고 여기저기 돌아다니려 하고, 테이블 위의 물건을 함부로 만지고, 시끄러운 소리를 내고⋯. 마치 한 마리의 악어와 함께 식당에 간 기분이랄까요? 어떻게 무슨 음식을 먹었는지, 신경을 곤두세우고 아이와 실랑이를 하다가 참으로 피곤한 시간이 되기 일쑤였어요. 그래서 가급적 아이와 함께 외식하는 일을 삼가게 되었지요. 하지만 피치 못하게 아이와 함께 밖에서 식사를 해야 할 때가 문제였어요. 그런 행동을 하면 "안 돼!"라고 알려주는 것도 중요하지만 왜 그런 행동을 하면 안 되는지 아이가 느낄 수 있게 해주고 싶었어요. 그래서 아이가 시끄럽게 소란을 피운 어느 날, 아이의 손을 잡고 옆 테이블에 앉아 있는 사람들에게 다가가서 말했어요.

"저는 아이의 엄마입니다. 우리 아이가 폐를 끼쳐서 죄송합니다."

자기 때문에 누군가에게 미안해하고 고개를 숙이는 엄마의 얼굴을 본 그날, 아이의 행동이 달라졌어요. 아직도 여전히 집중력이 짧아서 금방 몸가짐이 풀어지긴 하지만 예전처럼 함부로 행동하지 않았지요. 또 기회가 될 때마다 **"너에겐 아주 훌륭하고 멋진 것이 들어있단다. 우리 훌륭한 사람처럼 행동하자"**고 말해주었어요.

가장 먼저는 나 자신을 사랑할 줄 아는 사람이 되고, 그것을 바탕으로 다른 사람도 나와 똑같이 소중하고 귀한 존재라는 것을 깨닫는 마음이 배려의 첫걸음이었어요.

| 김지연

두고 온 줄넘기를 찾으러 공원에 간 리에와 동생은
처음 보는 작은 길을 따라 걷다가
아기 여우들이 줄넘기를 하고 있는 것을 보게 됩니다.
여우도 리에를 보게 된 순간,
읽던 책을 잠시 멈추었더니
아이는 숨을 죽이며 어떻게 될까 합니다.
"안녕?"
"우리랑 같이 놀자!"
"줄넘기하자!"
아기 여우들이 도망가지 않고 리에와 함께 놀자
미소를 지으며 너무도 좋아했어요.

드디어 집으로 돌아갈 때가 되고,
리에는 여우들의 줄넘기가 자신의 줄넘기라는 걸 알게 됩니다.
손잡이에 리에의 이름이 적혀 있었거든요.

"그래. 나중에 또 같이 놀자. 저기 이 줄넘기 말인데….."
내가 이렇게 말하자 자그마한 여우가 자랑스러운 듯 말했어요.
"그거 내 거야. 우리가 줄넘기를 하고 싶어서 소원을 빌었는데,
나무에 이 줄넘기가 걸려 있었어.
이거 봐, 신기하게도 내 이름까지 써 있잖아."

'리에가 과연 어떤 선택을 하게 될까' 하면서
아이는 이 장면에서 한 번 더 숨을 죽입니다.
그런데 리에는 "이거 내 거란 말이야" 하지 않고
그냥 고개를 끄덕이고 맙니다.
만약 아이라면 어떻게 할 것인지 물었더니
"나도 여우에게 줄 거야"라고 대답하네요.
"네 줄넘기인데 왜?" 하고 다시 물으니
"아기 여우가 속상할까 봐…" 하며 말끝을 흐리는 아이.

나에게 너무 소중하고 좋은 무언가가
다른 사람에게도 똑같이 소중하고 좋다는 걸 알 수 있는 마음.
누군가 속상할 수도 있어서 자기의 생각을 바꿀 수 있는 마음이
바로 **배려**랍니다.

"여우가 어떻게 줄넘기를 해" 하면서 아이가 자라기 전에
『여우랑 줄넘기』를 함께 읽으며 아름다운 리에의 마음을 배워보세요.

여우랑 줄넘기

북뱅크
아만 기미코 글
사카이 키미코 그림

책임감
 responsibility

🌸 **스스로 할 수 있는 일이 또 늘었네!**

아이가 스스로 방도 잘 치우고, 옷도 잘 정리하고 자기 일은 혼자 척척 해내면 좋겠습니다. 언제까지 엄마가 대신해 주는 것이 사랑이 아니라는 것을 알고 있기에 사랑이란 이름으로 그저 아이의 훈련을 돕지 못하고 있는 나의 게으름을 반성하기도 하고, 하나씩 아이가 스스로 할 수 있는 일을 늘려가려고 노력합니다. 그런데 현실은 아이의 유치원 가방조차 제가 들고 걸어가야 했지요.

어느 날부터 "유치원 가방은 자기가 챙기는 거야" 하면서 맡겼더니 몇 번은 유치원 가방 없이 등원한 적도 있었습니다. 정신없이 도착해 보니 정작 아이의 등에는 유치원 가방이 없었던 거예요. 선생님께서 사정을 설명하고 돌아서는 길에 "아, 모두 내 잘못이야" 하다가 "이러면서 잘하게 되는 거야"라며 위안을 해 보기도 합니다.

아이에게 '누가 대신해 주는 삶을 사는 것이 아니라 제 발로 일어서는 것'의 기초가 잘 세워지도록 함께 애쓰면서 어쩌면 저도 뒤늦게 어른이 되어 가는지도 모르겠습니다. 그리고 드디어 어느 날인가 아이가 자기 가방을 들어주겠다는 저에게 이렇게 말하는 게 아니겠어요.

"엄마, 이건 제 가방이잖아요. 제가 당연히 들어야지요!"

'와, 책가방 하나지만 우리는 많이 자랐구나!'

| 김지연

집 근처 소나무 숲에 산책을 갈 때마다
아이는 청솔모와 친구가 되고 싶어서
"청솔모야, 안녕?
청솔모야, 내려 와!" 하고 반갑게 인사를 하곤 했습니다.
하지만 당연히 청솔모는 한 번도 내려오지 않았지요.

그렇게 청솔모와 친구가 되고 싶었던 기억 때문에
질이 꼬마 다람쥐 얼에게 빨간 목도리를 둘러 주는 장면에서
아이는 눈을 떼지 못합니다.
'나도 이렇게 해보고 싶다' 하고요.
꼬마 다람쥐 얼은 질이 준 목도리가 아주 맘에 들었답니다.
하지만 얼의 어머니는 얼을 단단히 야단치고 말아요.

"얼, 당장 들어와! 얘기 좀 하자!"

자기의 도토리는 누군가에게 얻는 것이 아니라
자기의 힘으로 구하는 거라는 걸 배우기 위해 길을 떠나는 얼.

질이 준 빨간 목도리를 머리에 쓰고
밤새도록 도토리를 찾아 나서는 얼의 모습은
엄마에게도 아이에게도 많은 것을 느끼게 하지요.
과연 꼬마 다람쥐 얼은 도토리를 구했을까요?

책임감이 무엇인지 아이에게 알려주고 싶을 때
이 책을 읽으며 확인해 보세요.

꼬마 다람쥐 얼

논장
돈 프리먼 글·그림

나눔
□□□□□□■   sharing

✿ 친구에게 나누어 주면 마음이 기쁘지?

비 오는 날 우산을 쓰고 가던 아이가 동네에서 친구를 만났어요.

씽씽카를 타고 가는 친구에게 우산이 없는 것을 보자 "내 우산으로 들어와!" 하면서 씽씽카를 타고 가는 아이를 같이 따라가며 우산을 씌어줍니다. 한 명은 씽씽카를 밀고 한 명은 우산을 펼쳐 들고 둘이서 같이 걸어가는 모습이 어찌나 예쁘던지요.

작은 것이지만 나에게 있는 좋은 것을 나눌 수 있는 순간은 이렇게 행복으로 차오르는 순간입니다. 많이 가지고 있어서가 아니라 누군가에게 줄 수 있어서 행복한 경험들을 아이가 더 많이 쌓아가며 자랐으면 좋겠습니다.

| 김지연

마음 착한 앙거스는 추위에 떠는 참새 브루스에게
따뜻한 양말을 선물해 줍니다.
참새 한 마리에게 양말을 만들어 주는 데
털실이 많이 들지는 않을 거예요.
그런데 만약에 동네 참새들이 모두 몰려와
양말을 만들어 달라고 하면 어떻게 될까요?

앙거스는 그 어느 참새에게도 "안 돼"라고 말하지 못했어요.
다들 추워서 위아래 부리를 딱딱 맞부딪히고 있었으니까요.
참새들은 조그만 주둥이를 간신히 떼어 "째~액짹" 하고
지저귈 뿐이었어요.

결국 앙거스는 털실을 모두 써버리고 맙니다.
참새들이 바로 그 털실로 만든 양말을 신고 있는 걸
알아채지 못한 채 털실을 찾으려고

양말 공장을 찾고 또 찾는 아빠와 두 삼촌.
결국은 자기들에는 아무것도 남아있지 않다는 걸 알게 되지요.

하지만 이제부터 나눔의 기적은 시작된답니다.
나누는데 점점 커지는 건 뭘까요?
어려운 수수께끼라고 생각했는데,
아이한테 물어보니 망설임 없이 기쁨이라고 대답한답니다.

참새들이 따뜻한 양말을 신게 되면서
마을에서 벌어지는 신기한 일들이 무엇인지
이 책을 읽으며 확인해 보세요.
따뜻하고 보드라운 빨간 양말처럼 '나도 나눌 수 있는 게 뭘까'
아이와 이야기도 해 보고요!

참새의 빨간 양말

비룡소
조지 셸던 글/피터 리프먼 그림

절제

□□□□□□■ self control

 스스로 한 약속을 잘 지켰구나!

 아이들에게 예배 시간에 무릎을 꿇어야 한다든지 특별히 요구하지는 않았지만 아이들이 자라면서 자신들의 약속을 만들었습니다.

 예를 들면, 놀고 난 후에 정리를 한다든지, 읽은 책을 글로 정리해 둔다든지 하며 아이들은 자신들의 약속이 담긴 표를 가져와서 말했습니다.

 "일 년치 표를 만들었어요. 지킬 때마다 표시할 거예요. 일 년에 열 번 정도는 못 지킬 수도 있어요. 그렇게 스무 살까지 해 나가면 그때 아빠가 저희에게 잘했다는 의미로 5천 원만 주면 안 될까요? 그러면 아빠가 좋아하는 라테를 선물해 줄게요."

| 이요셉

배고픈 여우 콘라트

하늘파란상상
크리스티안 두다 글
율리아 프리제 그림

콘라트는 어떻게 배고픔을 참을 수 있었을까요?
내내 이 질문을 하면서 책을 읽었어요.

오리 알이 아기 오리가 되면,
아기 오리가 풍선만큼 살이 찌면,
'다시 새끼 오리들이 더 자라면…'
하면서 콘라트는 배고픔을 참고
거위 기름을 칠한 맛 없는 빵조각을 먹으며 버팁니다.

입버릇처럼 곧 잡아먹을 거라고 말하는 콘라트의 뱃속에선
늘 꼬르륵 소리가 나지요.

악어가 오리의 가족이 되는 이야기라든지,
심지어 고양이가 병아리를 키우는 이야기라든지,
서로 다른 모습이지만(심지어 먹잇감이라고 할지라도)
가족이 되어 살아가는 이야기는 종종 만날 수 있어요.

그런데 배고픈 여우 콘라트에서 가장 기억에 남았던 부분은
바로 배고픔을 이겨내는 콘라트의 모습이었어요.

당장 눈앞의 꼬르륵 소리를 해결하기 위해서
소중한 것을 희생시키지 않고
참을 수 있는 힘.

쿠키를 다 먹지 않고 남길 수 있고,
한참 재밌게 보던 TV를 끌 수 있는 힘
아이도 저도 계속 배워가야 하는 절제의 힘이랍니다.
이 책을 아이와 함께 읽으며
나는 어떤 것을 가장 참기가 어려운지
또 어떻게 하면 참을 수 있을지 이야기를 나눠보세요.

협동

□□□□□□■　cooperation

 함께 힘을 모으면 무엇이든 할 수 있어.

　작은아이는 좋은 말씀을 많이 외워두는 편입니다.

　100개가 넘는 긴 문장을 줄줄 외웁니다. 아이가 종이에 좋은 말씀을 받아 적습니다. 누나가 가르쳐 준 방법입니다. 이렇게 하면 말씀이 더 잘 외워진다고요. 그리고 누나가 학교에서 받아쓰기를 하면 작은아이가 읽어주고 시험지를 채점해 줍니다. 누나가 동생과 놀이를 하며 한글을 가르쳐 주었는데 이제 동생이 누나를 도와줍니다.

　한 사람이 한 사람을 가르쳐주는 것은 일방적인 수혜가 아닙니다.

　가르치는 아이는 가르치는 대로, 도움을 받는 아이는 도움을 받는 대로 얻는 것이 있습니다.

| 이요셉

꽁꽁꽁

책읽는곰
윤정주 글·그림

한밤중에,
호야에게 줄 아이스크림을 냉동실이 아닌 냉장실에 넣고,
설상가상으로 냉장고 문을 열어두고 가 버린 호야 아빠.
얼마 지나지 않아 문이 열린 냉장고에서는 '삐삐삐'
시끄러운 소리가 들립니다.
그리고 그 소리에 냉장고 속 온갖 물건들이 깨어나지요.

"비상이다, 비상! 다들 일어나!

그림이 너무 재밌어서 아이는 한참이나 페이지를 넘기지 못하고
그림 속 냉장고 안을 꼼꼼히 살펴봅니다.
맨 아래 야채 칸에는 대파 부부가 껴안고 잠을 자고 있고,
코가 간지러운 피망도 있네요.

호야가 좋아하는 아이스크림을 구출하기 위해 출동하는
요구르트 오 형제도 너무 귀엽답니다.
더워서 옷을 벗는 카스텔라 위로 아이스크림이 쏟아지고,
우유 아줌마가 아이스크림 통을 들어 올렸는데
오히려 아이스크림이 훌러덩 쏟아지는 장면에서
아이는 배꼽을 잡고 웃어댑니다.

즐거워하는 아이의 얼굴
그것만으로도 이 책을 읽는 이유는 충분하다는 생각이 들어요.
그런데 어느 날인가 아이가 흘러내리는 콘 아이스크림을 혀로
핥아먹다가 이렇게 말했어요.
"엄마 이것 봐요. 초콜릿 쿠키가 뿌려져 있는 부분은
아이스크림이 흘러내리지 않아요."
그 순간 저와 아이는 동시에 이 책의 한 장면을 떠올리고
"초콜릿 쿠키!" 하고 외쳤답니다.

책이 현실과 이어지는 아름다운 순간이었어요.
진짜 우리집 냉장고는 그림책에서 본 것처럼 살아 움직이지 않지만
누군가를 돕기 위해
모두가 **힘을 모았던** 이야기는
언제나 우리의 삶 속에서 발견할 수 있지요.
누가 가장 큰 활약을 했는지 찾아보며 이 책을 재미나게 읽어보세요.

신뢰

 trust

✿ 힘들 때는 내 생각을 해!

   비가 그친 주말 오후, 촬영이 있어 나갈 준비를 하고 있습니다. 한여름 뜨거운 햇빛 아래의 야외촬영이었지요. 엄청난 고전이 예상되어 집을 나서는 발걸음이 무거웠습니다. 그런 저를 향해 아이가 현관 앞에서 파이팅을 외칩니다.

   "아빠, 힘내! 나중에 내가 시원한 거 사줄게."

   "그래, 근데, 너 돈 없잖아."

   "아냐, 나한테는 카드가 있어. 카드로 사줄게."

   아이가 카드를 건네며 씨익 웃습니다.

   아마 마트에서 신용카드를 사용하는 것을 보고, 카드가 있으면 원하는 것을 살 수 있다고 생각했나 봅니다. 하지만 안타깝게도 아이가 내민 카드는 찰흙에 찍어 누르면 사자 모양이 찍히는 장난감 카드였습니다. 아이가 내민 카드를 받아 주머니에 넣고 촬영장으로 향했습니다.

   예상대로 촬영은 수월치 않았지만, 제 얼굴에는 이유 없이 웃음이 퍼져 나갑니다. 힘이 들 때마다 주머니에 손을 넣어 오톨도톨한 사자 무늬를 만져봅니다. 영 쓸모없을 줄 알았는데 온유의 카드를 만질 때마다 힘이 솟네요. 아이와 저 사이에 꽤 두둑한 신뢰의 한도가 쌓여 있는 것 같습니다. 이렇게 자주 써도 전혀 닳지를 않으니까요.

   제가 갖고 있는 카드 중에 가장 한도가 많은 카드는 바로 아이의 사자 카드 같습니다.

| 이요셉

리디아의 정원

시공주니어
사라 스튜어트 글
데이비드 스몰 그림

집안 형편이 어려워져서 리디아는 가족들과 떨어져
외삼촌 댁에서 살게 됩니다. 가족과 헤어져 지내야 한다니!
책을 읽던 아이는 깜짝 놀라고 맙니다.
할머니를 도와 정원을 가꾸는 것을 좋아하는 리디아가
새로운 곳에서 잘 지낼 수 있을까요?
외삼촌의 빵집에 도착했지만 그곳에서도
꽃과 나무는 보이지 않는답니다. 그런데 리디아는…

**가슴이 너무 떨립니다. 이 동네에는 집집마다 창 밖에 화분이 있어요!
마치 화분들이 저를 기다리고 있었던 것처럼 보입니다.
우리는 이제 봄이 오기만 기다릴 거예요.
할머니, 앞으로 제가 지내며 일할 이 골목에 빛이
내리비치고 있습니다.**

이럴 수가! 리디아는 그 삭막한 풍경에서 빈 화분들을 발견해 냅니다.
그리고 집에서 가져온 꽃씨들을 심으며 봄을 기다리겠다고 말하지요.

리디아는 깨진 컵과 찌그러진 팬에도 꽃을 심고 가꿉니다.
쓰레기 더미가 나뒹구는 텅 빈 옥상을 마침내 아름다움이
가득한 곳으로 바꾸어 내고 말지요.

마침내 리디아는 다시 집으로 돌아가게 되고,
기차역은 도착했을 때와는 달리 따스한 빛으로 가득하지요.
아이에게 "왜 기차역의 풍경이 바뀌었을까" 하고 물어보니,
"리디아가 행복해져서"라고 하네요.
아이의 말처럼 기차역 풍경은 아마도 가족과 헤어져
낯선 곳으로 온 리디아의 마음의 색깔이었을지도 모릅니다.

하지만 어두운 그곳에서 한 가닥 빛을 발견하고,
빈 화분이 슬픔이 아니라 설렘이라고 생각하는 것.
자신이 알고 있는 아름다움을 다 담아내기 위해 애쓰는 것.
추운 겨울에도 봄이 올 거라고 굳게 믿는 힘은 도대체
어디서부터 올까요? 리디아의 말처럼 봄을 기다리는 리디아는
연두빛 새싹처럼 작지만 힘이 셉니다.
리디아처럼 봄을 기다리며 읽으면 더 좋은 책, 리디아의 정원이에요.

공평

□□□□□□■   fairness

❀ 언니니까 무조건 참으라고 하지 않을게.
동생이니까 당연히 괜찮다고 생각하지 않을게.

연년생 딸이 두 명이다 보니 공평의 기준이 높아집니다. 먹는 것, 입는 것, 장난감을 나눠 주는 것 외에 칭찬도 똑같이 공평하게 나눠줘야 하는 걸 느낍니다. 한 명을 칭찬하면 다른 한 명은 **"나는 왜 잘한다고 해주지 않냐"**며 입을 삐죽 내밉니다. 아이들은 상대가 칭찬을 들으면 자기에겐 못한다고 말하는 것처럼 들리나 봅니다.

저 역시 딸이 세 명인 집의 둘째로 자라 와서 그런지 다 커서도 공평에 대해 예민해 있는 걸 발견할 때가 있습니다. 그래서 내 아이들에게는 아빠, 엄마의 사랑에 대해선 둘 중 누구도 부족함을 느끼지 않도록 신경을 쓰고 있습니다. 요즘은 그 사랑의 그릇이 가득 채워져서 그런지 엄마가 똑같이 나눠주지 않아도 서로 만족하며 나누는 법을 아는 것 같습니다.

소유욕이 강한 동생을 위해 언니가 동생이 조르는 건 주고 마는데 요즘은 둘째에게서도 양보의 미덕을 발견합니다.

"언니 이거 언니해. 난 저거 하면 되니깐."

아이들이 공평에 대해 넉넉할 수 있게 더 많이 사랑해 주어야겠습니다.

| 김지영

쌍둥이는 너무 좋아

비룡소
염혜원 글·그림

제목은 '쌍둥이는 너무 좋아'인데 쌍둥이 자매는
아옹다옹 다투기만 하는 것 같습니다.
특히 이불을 두고 다툼이 벌어지지요.

"이불 이리 줘!" VS "안 돼, 내 거야!"

아이에게 "쌍둥이가 왜 좋은지 알아냈어?" 하고 물어보니,
"엄마, 쌍둥이어서 좋은 페이지가 훨씬 많아, 봐봐." 하면서
차근차근 설명을 해 줍니다.

그래서 쌍둥이어서 좋은 점 찾기 놀이가 시작됐습니다.
엄마는 잘 때 손을 잡고 있는 장면만 찾았는데

아이는 쌍둥이가 같이 이불 천을 고르고, 같이 빨래를 하고,
새 침대와 이불이 생기는 장면 등 거의 대부분의 장면들이
쌍둥이어서 좋은 점이 담겨 있다며 찾아냈어요.

내가 너무 좋아하는 것을 누군가가 함께 좋아해줘서 쌍둥이는 좋아요.
내 옆에 항상 함께 있어서 쌍둥이는 좋아요.
이불처럼 두 개로 만들 수 없는 하나뿐인 엄마가
쌍둥이에게 **공평**한 사랑을 나누어 주려면
많은 지혜가 필요할 것 같아요.

이불을 만들 때도 글쎄 서로 내 이불부터 만들어달라고 조른다니까요.
그럼에도 불구하고 혼자가 아니어서 좋은 게 더 많다는 것!
이 책을 읽으며 느껴보세요.
참 쌍둥이 이야기 2편도 있어요.
『우리는 쌍둥이 언니』도 꼭 잊지 않고 읽어보시길 바랍니다.

용서

□□□□□□■   forgiveness

엄마도 미안해.
그리고 용서해줘서 고마워.

아이에게 **"사랑해!"** 하고 말하면 아이는 **"아니야, 내가 엄마를 더 사랑해"** 하며 그 작은 두 팔로 저를 꼭 껴안습니다. **"말도 안 돼! 엄마는 너를 이만큼이나 사랑하는데!"** 하면 아이도 두 팔을 있는 힘껏 벌리며 **"나는 엄마를 이만큼 더 사랑해"** 하고 말하고요. 그런데 정말 누구의 말이 맞는 걸까요?

당연히 열 달간 배 속에 품고 낳아 기른 엄마인 내가 아이를 더 사랑한다고 생각했는데, 어느 날 아이의 말이 맞을 수도 있다고 생각했습니다. 아이를 몹시 야단친 날이었습니다.

엄마는 아직 속이 상해 있는데 아이는 어느새 마음을 풀고 저에게 다가옵니다. 엄마한테 혼이 나서 아이도 속이 상했을 텐데 그저 엄마가 좋아서 먼저 **"엄마!"** 하고 저를 불러줍니다. 아이의 사랑이 엄마를 먼저 용서해 줍니다. 내가 사랑을 주고 있다고 생각했는데 알고 보니 제가 더 큰 사랑을 받고 있었습니다.

'누가 나를 이렇게 믿어주고 좋아해줄까? 누가 나를 이렇게 무조건 용서해줄까?' 아이가 없었다면 받을 수 없었던 그 조건 없는 사랑과 용서가 고맙습니다. 그래서 엄마인 나는 오늘도 세상에서 가장 행복한 사람입니다. 그래서 선물과 같은 아이에게 입 맞출 수 있는 오늘은 가장 행복한 날입니다.

| 김지연

내가 아빠에게 가르쳐 준 것들

스콜라
미겔 탕코 글·그림

우리는 보통 이 제목의 반대를 생각할 때가 많아요.
'아빠가 아이에게 가르쳐 준 것들'의 목록만 많이 떠올릴 수도 있지요.
그런데 아이가 아빠에게 무엇을 가르쳐 줄까요?

모르는 사람에게 갑자기 말을 거는 아이 때문에 당황스러웠는데,
그게 아이가 저에게 낯선 사람과 인사하는 법을
가르쳐 주는 것이었다니!
그래도 아이가 온몸에 문신이 되어 있는 험상궂은 사람에게 다가가,
"아저씨 몸에는 왜 줄무늬가 많아요?" 하고 물으면
식은땀이 난다니까요.

야구공에 안경이 깨진 아빠를 껴안고 아이는 말합니다.
"아빠, 내가 용서하는 법을 가르쳐줄게요."
정말 그렇군요.
저도 매일매일 아이에게 용서하는 법을 배우는 중인 것 같아요.
한 술 더 떠서 아이에게 엄마는 용서하는 법을 잘 배웠는지 물어보니
아직 못 배운 것 같대요. 이럴 수가!

비록 나는 작지만
아빠가 잘 자라도록 도와줄게요.

정말 아이가 나를 키우고 있는지도 모르겠습니다.
사랑한다고 생각했지만 동시에 사랑받고 있었고
늘 용서하고 있다고 생각했지만
나 역시 늘 용서받고 있었음을 깨닫게 해 주는 책이랍니다.
"그래 엄마도 잘 배울게, 잘 가르쳐 줘서 고맙다" 이야기 하면서
아이와 이 책을 읽어 보세요.